人生滿級

古文不思議

韓曌——著

推薦序

浪漫的國文教學之夢

——我讀韓塈老師《人生滿級：古文不思議》

國立臺灣師範大學國文學系教授／作家　徐國能

我一直很喜歡三毛的〈逃學為讀書〉一文，她在文中敘述她的上課經驗：

記得第一次看《紅樓夢》，便是書蓋在裙子下面，老師一寫黑板，我就掀起裙子來看。

當我初念到寶玉失蹤，賈政泊舟在客地，當時，天下著茫茫的大雪，賈政寫家書，正想到寶玉，突然見到岸邊雪地上一個披猩猩大紅氅、光著頭、赤著腳的人向他倒身大拜下去，賈政連忙站起身來要回禮，再一看，那人雙手合十，面上似悲似喜，不正是寶玉嗎，這時候突然上來了一僧一道，挾著寶玉高歌而去——「我所居兮，青埂之峰；我所游兮，鴻蒙太空，誰與我逝兮，吾誰與從？渺渺茫茫兮，歸彼大荒！」

當我看完這一段時，我抬起頭來，愣愣的望著前方同學的背，我呆在那兒，忘了身在何處，心裡的滋味，已不是流淚和感動所能形容，我癡癡的坐著、癡癡的聽著，好似老師在很遠的地方叫著我的名字，可是我竟沒有回答她。

從小，我很多書，也是在課堂上這樣看完的，高中時住校，班上還訂了報紙，大家搶著看體育新聞，副刊只有我慢慢欣賞，有一回看到藍博洲寫的《幌馬車之歌》，那時我還不知道有「報導文學」這種東西，看到文末，滿是淚水，差不多就是三毛說的那種情懷。

不過，上課看閒書雖是常態，但我國文課一直是很認真的。

每當夏日風起或是秋雲飄動，便喚起了我中學時代對國文課的印象。

國文好像就是中學時代的遙遠夢境，那時雖然覺得有些選文頗為無聊（例如〈先母鄒孺人靈表〉或〈瀧岡阡表〉），但是老師輕柔地在講台上訴說古人心靈的浩瀚與情思的細緻；或是分析一篇白話文中的時代陰影、一首詩的文字韻味，迎著吹動窗簾的風，那是十分曼妙的回憶。只是下課後便陷入漫長的記憶背誦與考試惡夢，美麗的文學從春天的柳條變成驅趕動物的鞭子，美麗，彷彿是一種疼痛痕跡。而好像在大學聯考之後，國文課的故事就慢慢消失在生命的軌跡裡，偶然想起，是青春的微微感傷。

隨著時代變遷，國文的教學，彷彿有了更多不同的想像。

那些拘泥的形音義、那些好像不夠科學的語法修辭、那些難以捕捉，但好像又必須掌握的段落大意或文章結構，慢慢在教育體系中轉化成閱讀能力、寫作能力、分析與想像力，甚至現在稱之為「素養」的訓練。我不知道現在的學生，是不是還像我當年一樣，永遠在窗邊做著文學夢？今年看到一位優秀的考生分享如何準備學測國文，整體來說，大概就是把各種類型的參考書或測驗卷一遍又一遍反覆書寫，年輕人稱為「刷題」（其實我覺得叫「涮題」比較實在，把題目像肉片一樣在心裡滾一回）。這種做法就是在寫測驗卷的過程中，慢慢累積自己對文史知識的了解，用題目反覆捶打自我對語文敏感度，長期訓練成看到題目就能產生連結，猜測命題老師的旨意，破解各個選項中的陷阱。也許就考試來說，這樣的刷題比在課堂上聽老師傳遞生命議題或分享哲思來得更有效率，然而這是不是我們最理想的學習國文方式呢？

最近我閱讀了在補教界頗具知名度的韓璺老師的新書：《人生滿級：古文不思議》。這是一本非常有意思的作品，作者意圖龐大，顯然不安於僅作為一位「提升成績」的老師而已。我在書中看到了我們對國文的傳統理想：國文不是語文知識，而應具有情意感受與文化熱情。同時書中還寫出了不少老師的個人生命經歷，豐富感人；而書中更是結合了當前面對考試的新思維，引導學生在面對考試應如何思考及作答。在我過去閱卷的經驗中，許多學生似乎對於回答考試的提問缺乏實際經驗和方向感，以至於流於空泛或文不對題。我認為本書在這個部分提供了一些實質的幫助。

《人生滿級：古文不思議》透過三位一體的設計，展現了一位老師對文學／文化本身的執著，以及個人生命能量的累積，同時也照顧到了現實的需求，誠懇地為學子提出對策。也就是說，《人生滿級：古文不思議》不僅僅是為想要考高分的學生所準備的作品，更是希望用文字，帶領讀者進入一個美好與文化的情境，重新回到國文課的義理當中，書中一種溫柔敦厚的親切，讓她成為懷舊且前瞻的作品。

我發現書裡面有許多非常實用的整理，呈現了被教科書切割為零星單位的古文其背後之深刻脈絡。國文學習不再只是單一而孤立的篇章，而是具有人性觀點的歷史發展。我認為這種寫作的苦心非常值得尊敬。當初選擇十五篇古文作為文言文最後的堡壘，其選篇莫不蘊含了深刻的時代意義。但教學上往往限於時間，許多重要背景不能盡言，因此如果在教學時能還原這種動機，我相信對學生的學習成效，以及深刻反思問題的能力，都是具有相當助益的。

透過暴力性的海量刷題，或能短時間內提升分數績效，但我認為韓老師乃試圖引領學生重新去理解一個問題的形成，嘗試提出一種思維方法，我想這才是智慧的傳遞。我想起了紀伯倫在《先知》這本書書說的名言：

任何人能夠給你的啟發，

其實都已經在你知識的曙光中半睡半醒。
老師漫步在神殿的暗影中，
走在門徒之間，
他們奉獻的不是智慧，而是信念與愛心。
若他確實睿智，就不會吩咐你進入他的智慧之屋，
而是引導你跨越自己心靈的門檻。

老師的工作本來就不是陪著學生解題刷題，而是引領學生體會世間有所謂想像力的翅膀，當我們只看到了小小的一個切片、一篇文章、一句詩，但他背後所涵攝的意義、情緒和反省，也許有比我們想像更深刻、更博大的一片水域。如果只是埋首刷題，我很擔心我們的學生會失去這種想像力。

《人生滿級：古文不思議》中有許多動人的部分，例如談到〈赤壁賦〉，韓老師提出的許多生命經驗，在夾敘夾議間，將這篇優美的賦作為回答生命困境的智慧，呈現了文學必須存在的因素，揭櫫了世態義理。我想蘇東坡若是知道有此知己，應該也會莞然捻鬚

微笑吧！

《人生滿級：古文不思議》中還有一些很精彩的對話，那是在課堂中師生互動的靈光乍現。在學生的提問中，可感受到教師重新燃起了學生對國文的興趣，同時也感受出同學對各篇章其實有著屬於自己的理解與思考。這種活潑的班級氣氛不知是如何營造出來的？讓我佩服的是，韓老師的回答，總是試圖引導學生更高的層次去反省、去思考。例如在〈虬髯客傳〉這一篇的討論中，韓老師提出了機會成本，提出了「一滴水如何才能不乾涸」的大哉問！我認為年輕的同學，能在國文課上得到這種智慧，不啻是一種幸福；而韓老師願意把這些吉光片羽，以文字分享給讀者，也是「讓一滴水不乾涸」的一種表現吧！

我一輩子沒有去過補習班，對於補習世界是一無所知。但我認為無論是學校教育或是課外教育，都有其使人動容的一面。韓老師《人生滿級：古文不思議》的分享，無論是對於走在教學路上的教育工作者，或是正準備著迎向人生燦爛天空的年輕同學，都是實用且具啟發性的。國文課必須有許多的新思維、新想法；但有時我也感到自己難以實踐。

不過看到這麼多為國文教學而努力的同行，我覺得非常讓人感動——文化是一種價值觀，當我們感嘆一些美好的價值漸漸遠去，但依然有人始終默默守護與傳承。

我年輕時非常喜愛的大詩人鄭愁予有一句詩：

是誰傳下這詩人的行業
黃昏裡掛起一盞燈

也許韓老師的這本書，就是日暮曠野上的一盞風燈，且讓我們在燈下繼續做著文學與教學之夢吧！謹為序。

二〇二五年夏日於臺北

推薦序

努力成為自己想要的樣子

——讀韓塋《人生滿級：古文不思議》

作家　凌性傑

閱讀韓塋《人生滿級：古文不思議》，有一種新鮮的氣味撲面而來，同時也使我想起一段塵封已久的往日記憶。所謂新鮮的氣味，乃是因為韓塋以靈動的筆法描繪活潑的補教現場。在她的現場有務實的考量，目標是提升學生面對考試需要具備的能力，獲得漂亮的考試成績。於是她將古文閱讀、寫作教學融合在一起，透過對話與問答，讓學生願意為了自己的人生而努力一搏。務實累積資源是基礎建設，架構好安穩人生之後，韓塋提醒學生的是追求理想自我的可貴，每個人只要付出努力，就有機會成為自己想要的樣子。那樣的自己，可以脫離貧困，安養個人與家庭，進而讓生存變得更有深度、更有美感、更有價值。

至於我跟補教相關的往事，大約發生在一九九四到二〇〇〇年之間，那是我讀大學、研究所的時期。為了減輕家庭經濟負擔，靠自己的能力賺錢，我在補習班教作文，也當過安親班伴讀老師。韓塋《人生滿級：古文不思議》裡的相似經歷，讓我格外動容，並且感到佩服。因為曾經遭遇過少年貧困，在成年之後更加慷慨地善待學生。書中那些幫助學生面對人生難題的故事，才真正是人生滿級分的憑藉。

電影《霸王別姬》裡有一句經典台詞：「人得自個兒成全自個兒。」如果教育是一種投資，韓塋就是藉由受教育成全自己，才得以擁有自己想要的那種人生。她回溯個人生命歷程，不無感慨地提到：「有幸透過教育翻轉階級，生命中的幾位恩師至今仍歷歷於心，走在教育這條路上，我也不斷提醒著自己：希望學生們多年以後想起自己在講台上是什麼樣子，現在就要努力成為那個樣子。」因此，當她感受到當前教育裡貧富差距之限而一直想做點什麼的時候，能做的就是捍衛自己的「家園」，意即堅守崗位全心投入志業。這樣的感觸，讓她深刻理解洪繻筆下的荒涼慘目，並且把這樣的理解分享給學生。

如果不是考試必考，國文科在教育「市場」可能沒太高的價值。作為一個提供價值的老師，解題、改作文都是基本功。基本功練好了之後，韓塁為師生相處創造了無數的情感價值，人生滿級的追求不一定能夠全部實現，但至少可以努力一試。韓塁講解古文尤其精彩的是，讓古典作品與當代情境產生對話，證明文學與生活之間、人與人之間並不是毫不相干。她讓學生明白彼此有關聯，這些關聯甚至可以讓我們的生活變得更有意思。

當她跟學生談起司馬遷、陶淵明、蘇東坡，談的恰也是他人生命對自我生命的慰藉，有了這些古典的澆灌，人才不會陷入無邊的虛無與孤絕。風塵三俠的故事裡，韓塁提煉出來的體會是：「當斷則斷，是虯髯客教會我們的事，事業如此，感情亦是。」生命面臨的種種抉擇，繼續堅持或斷然割捨，從來都不是太容易。只是我們的教育現場，大多歌頌硬撐苦熬，很少教人怎麼認賠止血，很少教人怎麼斷尾求生。我想，選擇障礙出現時，學生一定很慶幸能有韓塁這樣的老師陪伴參詳，可以彼此討論取捨的問題。

《人生滿級：古文不思議》裡，韓塁把熱情毫不保留地傾瀉在補教人生，把關愛給予所有需要幫助的學生，這份情懷令我感到振奮，覺得教學的路途並不孤獨。不管是在體制內或是體制外，我都希望我教的是文學，付出的是情感，分享的是生活，彼此訴說的是更好的人生。而這些想望，正好也都在韓塱國文教學圖像裡一一繪製了。

推薦序

一輩子受用的文學素養

《內在原力》系列作者、TMBA共同創辦人　愛瑞克

地球因公轉而有四季更替；每個人在各自的時區裡自轉，轉速不同，於是成就有了高低之分。貫穿天地萬物的無形脈絡，名為「道」，而自古以來「文以載道」——不知是誰判給了文字這終身職責，它卻也恪盡職守，默默承擔了數千年。

那麼，文字是否能幫助一個人實現成就？翻開您手中的這本書，或許能找到答案。

作者說：「文學不應止步於考場，更是一輩子受用的能力。」我深以為然。文學伴我從小學一路奔跑至大學畢業，再從校園跑入職場，直至跑出職場、退而不休，轉身成為

一位全職的閱讀推廣者。四十多年來，世界變化如此之快，文字卻愈跑愈年輕、愈活愈有力量。

我和文字都還沒老，都還在跑。我是個全年無休的跑者——在社群平台上持續筆耕（網路語言稱為「日更」），九年來出版十二本書，為數百本新書撰寫推薦序，也算留下了些許生命的足跡。若說我還存有一點寫作的底氣，那應該來自我國中、高中時期的國文老師們。她們以文學之美深深感動我，為我灌注了最初的靈魂養分，讓文學從此成為我一生的摯友。

知識如朋友，有些匆匆來去，是生命旅途中的過客。歲月一直在烤我，有些焦了，有些沒熟。聽說人生在世，什麼都是借來的，都是要還的——微積分很早就焦掉了，我十九歲時很快就先還了；英文在我四十二歲離開職場時還不算很熟，也還了；其他如果沒還的，大概是忘到透了。

作者說得真好：「文學裡有許多分數之外、相伴一生的智慧，那才是實現人生滿級的資糧。」文學，我可從未忘記。從清晨到深夜，只要我醒著，它就在我身旁。我的人生或許難以獲得滿級分，但此刻我擁有真正的自由與安然，有文字為伴，心靈是富足的——比起名聲與財富，文字更經得起時間的考驗。聽說很多人被歲月和生活烤焦了，文字可沒焦，它一如既往庇蔭著每一代的莘莘學子們。

然而，文學絕對不會是僅止於純欣賞而已，它蘊藏著深刻的大用。正如作者所言：「人間四季映人生四事——確立目標、學會選擇、堅持該堅持的，放下該放下的。」此書以春夏秋冬來對應十五篇文章，以作者不凡的人生經歷進行呼應，以她超凡的思辨能力加以新解，讀來相當過癮！古文在此書中出現許多新滋味，這可是我從沒嘗過的新鮮味。

難能可貴的是，本書並非空談大道理，而是充滿故事與人情，承載著理想與情懷。十五篇文章娓娓道來人生中的喜怒哀樂，穿插著動人情節，極富臨場感；其中也不乏對當代社會現象的深刻觀察與針砭，發人深省。書中處處體現文學的韻味與魅力，值得細細品味。

我常說：「讀書、讀人、讀靈魂。」對我而言，這三者本是一體。細讀韓老師此書，我深刻感受到她的品格與風範。她不僅是補教界的一股清流，更是一道暖流，是能驅散寒意的煦陽，因為她有著風雲之志與赤子之心的靈魂。

誠摯邀請您，一同細品這本書。在四季流轉中感受人生的韻律，體悟「人間之道」，也培養一生受用的文學素養。願好書與好老師與你同在！

推薦序

在古文與人生之間，築起一座溫柔的橋

語文教育書籍暢銷作家　高詩佳

你還記得，自己第一次對古文動心，是哪一篇嗎？是陶潛筆下的〈桃花源記〉，還是蘇軾的〈赤壁賦〉？對我而言，古文從不是單純的學科，它是某個深夜裡照亮思緒的一句話，是青春歲月裡無聲卻深刻的引導者。

韓瑿老師的這本《人生滿級：古文不思議》，讓我再次想起這份情感。但她的書，不只喚起我們與古文的重逢，更是一場誠懇的陪伴：陪著學生走過學習的曲折；陪著老師思索教育的意義；也陪著我們，在四季的流轉中，找到人生的節奏。而她之所以能這樣的陪伴，是因為她對古文教育有著深刻的理解與實踐。

這本書的起點，是「核心古文十五篇」。對多數高中生而言，這十五篇課文是壓力的代名詞；但在韓老師筆下，它們卻成了思想的起點。她認為，古文十五不該止於背誦，而應滲入思維，融入語言，成為生命的一部分。語言不是死記，而是活用；經典不是只存在考場，而是能滲透進我們的日常感受與世界理解。

她將經典與教學經驗、現實人生交織，不僅讓古文不再遙遠，更讓它貼近生活，貼近每個人的內在心思。閱讀她的文字，彷彿看見一位認真的老師，蹲下身與學生對話，語氣溫和卻堅定，誠懇而真切。

韓老師在書中寫道：「我決定勉力以自己的文筆搭一座橋，讓實用與文學不再如兩軍對壘，以文字向經典致敬。」這不是浪漫的口號，而是她多年教學的真切體會。在這個強調「實用」的教育現場，文學常被視為奢侈品；但她選擇以實用為引，用文學留下餘韻。

本書以「四季」為題，安排章節內容。春卷談起點與志向，夏卷關注選擇與時間，秋卷觸及孤獨與堅持，冬卷思索放下與圓滿。這樣的編排不僅有詩意，也有邏輯，引導讀者以季節為節奏，思索生命中不同階段的功課。

她更期待這本書能跨越限制。韓老師說：「當城鄉差距已變成教育的高牆，許多孩子連起跑點都無法接近。」這本書的誕生，不只是為了讓學生對古文理解得更深刻，更希望能彌合教育資源的落差，讓更多孩子看見古文的光、文學的可能。

這是一部誠懇、有溫度、有想法的書。韓老師把教師的反思、對學生的疼惜與對教育的信念，融入每一篇文字裡。正如她所言：「學然後知不足，教然後知。」這不是一句口號，而是她真實走過的路。

如果你是老師，這本書可以陪你重新找回教學的初衷。

如果你是學生，它能讓你發現古文的思辨之美。

如果你只是喜歡文學，那麼請翻開它，享受一場古今對話的旅程。

願我們都能在這些古文中，拾回初心，也在文字與生命的交會處，走向屬於自己的人生滿級。

自序

分數之外

我是個矛盾的人——雙子座的特質，在我身上展現得淋漓盡致。

許多人稱我為補教名師，認為課堂上我口若懸河，必是社交達人，其實骨子裡，我應屬社恐，是同學定義的邊緣人；在講台上侃侃而談，下了講台卻能不出門就不出門，流連書海不知老之將至；熱愛文字與文學，卻又總以數資班訓練出的邏輯框架，替學生分類解構國文那博大精深的世界；工作時積極主動，但若細究，其實許多機會，並非我主動追求，而是被動迎來。

所以，常有人說我「運氣好」。運氣，是個奇妙的詞，得意時可作謙辭，失意時亦可當託辭。運氣究竟是不是成功的要素之一？以我自身經驗來看，是的，但更準確地說，運氣是一種選擇。當機會降臨時，欲牢牢把握，要投入的成本可不低：自律、專注、恆心，乃至犧牲。就像剛畢業時為了迅速累積經驗的七條龍行程；就像決定離開學校，專心經營補教而開啟的高鐵人生；就像這數月來未曾睡超過四小時的水泥時光。

二〇二五年三月一日，臉書跳出了一則陌生訊息，當時剛下課，等著學生課後問問題，當看見許悔之這三個字，腦海裡的二十四個韓塁開始千迴百轉，是詐騙嗎？已讀不回太沒禮貌，只好簡單回以「您好」（現在想想其實一樣沒禮貌），但詐騙盛行，林俊傑、劉德華也曾傳訊息來，我是連點開都沒點。

隔日的一通電話便蒔出此書之芽——一部兼具文學與實用的書。畢竟文學雖美，卻太過浪漫，以實用為餌，將經典裡的美好暗渡陳倉，就像我在課堂上彩衣娛生那樣。實用若太多，必然侵蝕文學性，正如「隸變」雖有益於書寫便利，卻也削弱了古文字的藝術美；妄圖保有較多文學性的我，決定勉力以自己的文筆搭一座橋，讓實用與文學不再如兩軍對壘，以文字向經典致敬。

教書至今已近二十年，寫作的這隻筆也塵封了快二十年，如果不是悔之老師，我想我不會重拾我的作家夢。

自小我便是熱愛寫作的，即便在家母眼中那是放任幻想、縱容不切實際的惡習，但幸好當時學測作文的佔比也滿重，拿著雞毛令箭，讓文字成為情緒的出口。除了學校的作文是散文形式，當時投稿校外刊物都是詩，讓我賺了不少零用錢，但其實我一直在醞釀的是小說，我想寫出一些兒時真實的苦痛，與過去的自己和解，於是上大學後，第一次挑戰文學獎——中興湖文學獎，該篇小說順利進入決選，但在評審會議上，其中某位評審說我的故事虛構得太假、意圖博取同情等等，我當下就離開了，從此不再創作。

曾經我也擔心過：自己教作文時，會不會反而扼殺了孩子們創作的熱忱與天分，但最終也想通了，寫作測驗終究不同於一般創作，既是測驗便有解答，若能讓同學清楚二者之間的異同，人人都得寫作的時代，也許也是培育作家最大化的時機。

制度的變革提供了國文站上C位的契機。想當初剛踏入補教界時，國文科還只是贈品性質。計畫總是跟不上變化，所以我甚少事先規劃，走到現在的每一步，生命裡的每一個關鍵轉折處，大抵是迷迷糊糊、朦朦朧朧，所幸靠著戰戰兢兢也走出如今的沃野一片。

教育是人類升沉的樞紐，也是階級翻轉的唯一捷徑。「貧者因書而富，富者因書而貴」，對我來說不只是勵志名言，而是真實的寫照，所以我總習慣和同學分享過去，我想讓他們明白，讀書不是為別人，而是為自己。

然而這幾年的教師出走潮也反映出教育現場惡化的嚴重性。有人說教改是一切禍端，但其實貧富與城鄉的差距早已存在，只是制度讓它時而收斂、時而張狂，差距始於人性，唯有制度能加以制衡。制度之事，不是如我這般渺小之人所能撼動，但人性可以透過教育潛移默化。性善，則育之使其擇善固執；性惡，亦可藉由教育化性起偽。

當家長焦慮、學生茫然，老師若可像磐石一樣，他們便不會無所依，諸多經典也是這樣磐石般的存在。

新課綱之下，國文對學生的挑戰，在於課本與試題之間的落差，無論會考或學測，都不是把課文背熟就能應對的。尤其作文佔比甚高，我嘗試將課文中的典故與知識融入寫作，讓學生理解：古文十五不是無用，而是不該止於背誦，應化為思維與語言的骨血。我自己未曾補習，只靠課本與借書，也考出了國文滿級，以自身的成功經驗，希望能帶著同學們回歸課本，並讓他們明白：文學不應止步於考場，更是一輩子受用的能力。

然而，新制多「元」入學，對偏鄉孩子其實更不友善。當城鄉差距已然變成教育的高牆，許多孩子連起跑點都無法接近，盼這本書能更進一步實現心中所願——盡一己之力，弭平國文教育上的城鄉差距。我的高鐵人生受限於空間與時間，但書本與文字沒有疆界。

課綱古文篇數降至十五，文白比例的適宜至今爭論不休，但我向來不喜對制度多費唇舌。「十五」，本是一個美麗的數字：男兒十五志於學，女子十五及笄，十五，也是學生們告別國中、邁入高中職的年歲。每逢十五則月圓，十五滿級不該只是分數上的追求，文學裡有許多分數之外、相伴一生的智慧，那才是實現人生滿級的資糧。

人間四季映人生四事：確立目標、學會選擇、堅持該堅持的、放下該放下的。春天宜立志，夏季晝長如堅持，秋華展現了選擇的豐收與零落，而冬日最適相忘江湖的靜謐。
將下筆時心頭浮現的四季輯為四卷，所謂世間萬象，亦皆案頭山水。

韓塋　乙巳年天貺日

目次

夏之卷●時間

秋之卷●關於52赫茲

冬之卷●期待

春之卷——從艸

曾經，文字是我望向世界的眼睛。童蒙之初未識字、先視字，甚至不懂那是「字」，似乎是世界的必須，是自然的一景，如日、如月、如風、如雨、如木、如草。

記憶中最猖狂的色彩便是無邊無然的翠綠了。從溝圳縫隙中冒出的青意，是大地的吐息，是指引我領略「生命」的第一課。直到在課本上看見了它的名——「草」，紙張的觸感取代了蒼翠欲滴的生機，陌生得使我顯得無措，試著在一橫一豎間覓得一點熟悉的盎然，捨得更多的卻是茫然。

茫然是成長必備的養分，在課堂中比「釋疑」更重要的是「惜時進取」，一個又一個浮起的疑惑也只能埋入心田，靜待雲破月來之際。

終於，在與「華」字久別重逢的大二文字學課堂，由二千年前的許慎為我冬眠已久的疑惑破了冰，在《說文解字》中發了芽。「華」，花之本字，這樣的枝繁葉茂才是世間芳華應有的姿態，然而正是這樣誘人的風采。物換星移之中，本是借以比擬紅塵榮辱之燦爛易逝，竟喧賓奪主地倚「富貴」眩了世人的眼。從此，創字初時的夭夭，成了錦鏽簇擁的「華麗」，使凡夫漸漸忘了，花開終有花落時，前仆後繼地將青春獻祭，最終守著日趨乾涸的心田，誤以為成熟的真諦便是一片「貧瘠」，將「生存」錯認成「生活」，虛擲了光陰。

然而生命總在錯誤中茁壯，恰如「水窮處」更能笑看雲起。嗜甜飲的童稚時期是錯嗎？是也罷、否也罷，總在年歲增長中懂得澀而回甘的茶韻，悄然捨去了糖味的甜膩，並在一次又一次的得失中，掌握了自己生命最適當的節奏，將日子譜成了詩。

「凡是從艸之字，皆透著根植於大地的堅韌，吐露生命的訊息」。生命一如茶樹綠芽，在時光中翻滾烘焙，在一雙雙的眸中，拼湊成世界無盡的風華。

太陰生輝，眼底星空——曌見〈師說〉

人的一生總會具備多重身分，為人兒／女、同學、同事、父／母……每一個身分都有不同的使命。然而，要將每個角色都扮演得恰如其分太難，對我而言，「老師」這個身分是我付出得最多，同時也獲得最多的角色。是因為反饋豐厚才愈發投入，或是投入深切所以回饋豐盈？這個問題也許終如「先有蛋還是先有雞」般難解，然而依稀中，似有高人已解惑。

朦朧的兒時記憶裡，曾有位長輩口中雲遊四海、極難遇見的老師，於一室信眾裡直勾勾地望向我：「你，這輩子學業和事業分不開。」其餘細節已杳然於腦海，但那隱藏在花白鬢眉後的炯炯雙眼，使我想起第一次看見夏季大三角的夜，那是螢火蟲還會誤闖蚊帳的年代，只知天上星斗，未曾見過城市煙火，星空的浩瀚與美麗總使我出神，仰望夜幕時總不自覺跌入自己的漫想，外在一切自動屏除在外，包括這句難解的金言。

無分中外，命理對於人們總是有莫名的吸引力。在臺灣，星座占卜算是最大眾化的選項，男女老少都能說得出十二星座，甚至常成為人交際時開啟話題的鑰匙。談年齡沒禮貌，談時事太正經，談政治太敏感，此時被詬病為「人類怎麼可能僅以十二種類型概分」的星座，成了安全又有趣的談資。

中式命理常見選項有八字、卜卦及紫微斗數，記得國中時有位室友擅長八字，當時總纏著她試圖窺探自己的未來，內容是什麼已然記不清，只記得她摸著自己的下巴神祕兮兮地說：「好有趣的命格啊……」這樣浪擲光陰如今想起也算是一種年少輕狂。二十幾歲的自己著迷於各式的中式命理，在各方管道下拜訪過不少「老師」，指點迷津所費不貲，動輒上千甚至上萬，在奉上無數封潤金後，也曾幻想著自己有朝一日轉換跑道，成為另一種「老師」？畢竟課本裡的知識，大多在大考當天畢其功於一役便榮退，淡出記憶後與前世記憶便無二致。

如果「惑」是人生的本質，命理成為成人世界的義務教育也是必然。太多的疑問並非課本能解答，欲從茫茫書海裡找一個解釋，不僅需要靜心沉著，亦得耗費許多時日，此時老師就如同浮木一般，讓我們在虛無縹緲的不安裡，至少能抓住些什麼。許多時候，師字輩提供的都是精神層面的價值，販賣希望看似空泛，救人或害人卻可在瞬間定乾坤。

紫微派別甚眾，四化派強調「祿權科忌」與各宮位的關係，初接觸時總執著於祿、權、科坐入於哪一宮位，彷彿只要掌握了吉星，就掌握了人生勝利的密碼。然而若撇去神祕的玄學論，箇中道理其來有自，當能量投注於財帛、官祿等世俗追求的位置，其餘位置少了滋養，六親緣薄、情海波瀾或是健康堪虞，似乎也就成了難逃的代價。其實真正的命運還是靠自己書寫。命宮吉星遍集，若是懶得經營，終將成為紙上樓閣；大限波折凶險，只要擇善固執，亦可趨吉避凶。

斗數裡的官祿宮，對應於人生的領域是事業或學業，好幾位命理老師都誇我「太陰化權」，化得漂亮，也曾有老師說我的命格在古代必可封侯拜相，可惜是女身男命……命理究竟是迷信還是統計學，一直以來眾說紛紜，但對於已經數不全牛頓三大運動定律，也算不出莫耳數的我而言，言猶在耳的斷語是生命中每個闃黑時刻的北極星，遙不可及但安定人心。

每年的學測登場日，除了測驗孩子們三年的學習成果，也是揭曉自己的教學成績單，年復一年戰戰兢兢地陪伴同學們準備大考，補教人生在眾人眼裡也許是爭名逐利之流，但堅持著南北奔波的理由，其實是一通永遠接不起來的電話。

——二〇一六年一月二十二日臉書貼文——

今天凌晨四點二十九分，一通來自家長的來電，我錯過了。

孰料這次的錯過

竟是道生與死的鴻溝

還記得那是兩年前的事了

一位家長經過他人介紹取得我的聯絡資料

希望我能幫她的孩子家教
孩子就讀華岡藝校
但是要考取舞蹈系必須先通過學測國文以及英文的篩選
學校的教學無法應付學測

然而當時我的時間已經滿段
連白天都在學校任教
所以我承諾她會盡量幫她安排
一有空段便會連絡她
這一等　就是半年

第一次約碰面，地點在三軍總醫院，
母親只是淡淡地說了聲：
「因為我身體有些狀況，所以固定會回醫院。」

進入電梯，按下五樓，心頭不禁顫了一下——「安寧病房」

「也許只是剛好在同樓層？」

當我踏入病房，揭起簾子，

那嶙峋的身影至今歷歷於心，

「老師，我終於等到你了。」她笑著，那笑容裡竟看不見一絲病魔的摧折。

當下我便一陣鼻酸：「為什麼，我沒有早一點來？」

家教的費用相當昂貴，「降價、免費」她堅決不肯接受。

因此學生開始了每週從桃園出發到新莊上課的行程，

家長全然的信任，每次聊Line都很客氣地感謝我，

為了孩子，她已和癌症對抗了十年，

最放不下的，就是兩個孩子的未來。

「媽媽您放心，您一定還可以繼續陪著他們很久的。」

「老師，我自己的身體我很清楚，我沒辦法有下一個十年了。我只希望她把學

測考好，能夠進好一點的大學，否則我真的不放心，這孩子未來要怎麼生活。」

「教好國文」這個初衷，從未如此沉重過，「和命運拔河」竟如此真實，我不忍讓家長失望，在那一刻，我向上蒼默許：我必竭盡所能，讓孩子能順利通過學科門檻。更願上天憐憫，給她更多時間，能看著孩子進大學。

學生今日應戰學測，

她勇敢的母親撐到了今日，

這是「愛」。

我懊悔，這通來電竟未能接起，

孩子告訴我：「媽媽四點多走的。」

眼淚至今不止，

何德何能？讓她為我牽掛至最後一刻？

而我竟未能及時接起？

她想告訴我什麼？

好久好久沒有這種心痛到要窒息的感覺了。

教育，不是一份職業，而是「志業」。

我必須更努力，才能對得起每一份期許和信任。

謝謝您的信任。

願您，在另一個世界，快樂無憂。

這是一個我至今講起仍忍不住淚流的故事，二〇一六年一月二十二日，當天是學測第一天，同學在應試前接獲噩耗。眾人錯愕、難過，她卻堅定地走入考場：「我媽媽會希望我把考試考好。」第一堂是國文科測驗，我還記得那年的作文題目是「歪腰郵筒」，當測驗結束大家紛紛抱怨著題目好難時，那堅強的好孩子走到牆角，蹲下、大哭，然後收拾書包奔赴醫院處理母親的後事。

至今仍無法想像，這孩子是何等的堅韌。的確人生本非坦途，但這孩子的難題比起其他同齡人要難得太多，即便是大人都未必能應變得更好。孩子順利考出十三級分的佳績，達標臺藝與北藝的學測錄取門檻，比起計算自己教出多少滿級分或醫科生，這是張我至今最滿意的成績單。

單親媽媽帶著姐弟倆，與癌症頑抗了十年，也唯有母愛能與死神拔河了吧？保險的賠付足夠她住單人病房，但沒有收入的她選擇健保病房，以理賠金支付孩子們的學費（這也是為何我不願收取家教費用）。免費上課她不願接受，最終定案由我開一個小班團課，孩子就這樣通勤往返。很多真正的弱勢家庭，都是這樣堅守著不佔人便宜的原則，就像外婆小時對我的耳提面命——無功不受祿，手心要向下。

這幾年景氣不佳，年輕人生存壓力變大，開始出現「沒有錢幹嘛把我生下來」的言論，甚至於將自己的不如意怪罪於父母親沒有提供「足夠」的金錢。其實欲深谿壑，真有這樣的心態出現時，無論父母提供了再多的資源也只是肉包子打狗。

「父母之愛子，則為之計深遠」。許多家長盡其所能只為讓孩子擁有更多機會以及選擇權。考試是殘酷的，人生更是，除了養育更費心托舉，她讓我親眼看見「三春暉」的耀眼，在我心頭點了一盞不滅的燈，離開學校專職補教，在名師光環下如何不忘初衷？那是這位媽媽用生命教會我的事。

比起名師，我更希望自己成為「明師」，能成為孩子們迷惘時的日與月，一抬頭，就能看見。總有人說學生是最幸福的一群，認為他們的煩惱無足輕重，幸福無憂的孩子的確有之，但也有許多面臨的壓力是連大人也難解的情境。輕一些是背負著整個家族的期望，看著黑板上倒數的日期痛哭失聲，而部分學生肩負的沉重，是我也難以想像的。當他們焦慮於考卷上的分數，與我們每個月待繳帳單的壓力並無二致。

執教生涯裡有幾次看見同學的淚，考生肉眼可見的疲累更是課堂一隅必備風景，但與其歸咎於考試制度，不如說這些孩子往往是國家極重要的，因為他們關心自己的未來，焦慮是一種負責任的象徵。身為老師，除了在學習上協助突破盲點，成為他們心靈上支撐的力量也很重要。生活裡的快樂已經不多，所以我總希望自己的課堂能是他們大考前夕的桃花源，至少多年以後，當他們課文部分只記得「師者，所以傳道、受業、解惑也」的時候，他們還能記得高中生涯有一段時光是快樂且充實的，而那是每週三小時的國文課。

近二十年的執教生涯裡，有許多同學的身影至今仍鮮明。

那是剛開始全臺跑透透的時候，當時的我在中南部毫無知名度，因此班方即以極低的學費招攬學生。印象中有位同學不僅上課認真，下課後也常常留下來討論問題，就在學測前夕的最後一堂課，教室門外出現一道蹣跚身影，那是他的母親，她特別上來向我致謝：

「老師，真的很謝謝你，我家○○每個禮拜都很期待來上國文課！也很歹勢每次都問你到這麼晚……」她的蹣跚來自於義肢，而同學當下的臉色與平時討論時的熱切截然不同，有些窘迫且微惱，拉著母親就要下樓。

只怪我當時太年輕，當下很想對孩子說些什麼，卻又顧忌著匆促短語容易造成誤會，緊跟著下樓後，只看見孩子上了一台拖著貨架的機車，目送著他們遠去的身影，想勉勵孩子的話就這樣至今未能說出口：

「親愛的孩子，你的母親是你的驕傲，因為她和天下父母一樣，願為你傾其所有，即便她可能更辛苦、更費力。所以不要為此斂起你美好的笑容，老師期待下次相遇，你能牽著母親的手，驕傲地向我介紹：『這是我媽媽！』」

然而即便是不高的學費，對於部分家庭仍是負擔。當有孩子來向我求救時，我便盡力替其找到解方，例如——讓同學擦黑板以旁聽。有位可愛的孩子，這樣擦了一年，後來如願錄取醫學系，還特別帶了蛋糕和手寫卡片回來看我，逢年過節仍會傳訊與我聊上幾句，這種暖心總能使我忘卻生活中的許多不如意。

畢業後還常保聯繫的學生非常多，無論是帶著男友（或女友）回來找我吃飯，或是覺得迷惘與我談論一二，當他們在心底為我留下一個位置，我想那是比學測放榜時的榜單還要更耀眼的成績單。許多同學的成績都是遠超過我當年學測成績的，當然，國文科除外！「弟子不必不如師」、「道之所存，師之所存」便躍然眼前。

同學對我的信任也展現於向我求救課本之外的私事：記得有位同學下課時脫下外套，讓我見其滿身的傷，那茄紫、青黃交疊無完膚的樣子，使我想起兒時的自己，當下情緒湧動，卻也不曉得如何幫他才是正確解方，安慰幾句後匆匆離開教室，內心波瀾未能平。

直到某次下課後前往搭車的途中，遇見同樣通勤的他，一路上，我聽他傾訴著家裡的狀況，然後回以自身的經歷，也許我無法給予實質上的幫助。但當他走向通往第二月台的樓梯時，他的肩膀不再那麼高聳，步伐也輕了一些：「謝謝老師，老師再見！」那笑容我認得，那是我在兒時遺失後，一直到成為老師才又復得的笑容。

家暴專線113近幾年已是人人知曉的求助管道，但若非經歷過，很難理解有些情況無法以專線解決，外力的介入可能撕裂更多靈魂，甚至使其跌入更暗的深淵。

作文題目也常常讓我看見孩子們的苦痛，曾有位同學寫其逆境是繼母年齡與自己相近，後來的學弟妹們聽到此例總是哄堂大笑。但那位同學的沉重我至今仍記得，不少單親的孩子分享家庭困局，我僅能回以我知道的單親家庭的正例，並以身為單親媽媽的立場分享：父母的愛不會因為離婚而減半。

同樣的題目也讓我看見一篇至今仍鐫刻於心的文字。一位女同學書寫了她因寄居親戚家而被侵犯的遭遇，字句入目，我知道這是真實的，特別確認了一下座位表，當我看見那剪得極短的頭髮，穿著極寬鬆的衣褲，那揪心至今想起仍隱隱痛著——那是求救無門，只能試圖改變外觀阻止侵犯者。

「老師，我是〇〇〇，以前臺中班的學生，不曉得您是否還記得我？您臺北班的課不曉得是禮拜幾？方便過去找您嗎？」

相約的當天，遠遠的一道倩麗的身影走來，看著她及腰的長髮，我知道，她擺脫黑暗，走入陽光了。當她靦腆地說想介紹男朋友給我認識時，我的眼角不住地微潤：「好呀！太好了！我的榮幸。」真好！當老師，真好！

每當收到同學們喜得佳績的感謝文，除了真心的同喜，更想回以真誠的感謝。教學從來不是單向的施予，許多時候更是一種靈魂的互照。「學然後知不足，教然後知困」，為了對得起「老師」這個身分，「自反自強」是需終身實踐的功課，也正是同學們的反饋，支撐著我的奔波人生。國文科的改制翻轉了補教的生態，國文科需求逆勢成長，若以利益為準繩，較好的選擇是固守一縣市，深耕一地，但我有個願：願盡己之力，拉近國文教育上的城鄉差距，所以即便周遊西臺灣授課的累難以言喻，同學們課堂上發亮的眼神便是我的熱源，讓一切都值得。我常覺得人與人就像原子，有些僅是相遇的擦身，有些卻會在特定的條件下，形成各式化學鍵，而每一位來到課堂的孩子就像中子般，碰撞出我教學路上的光與熱。

書寫此文適逢繁星放榜，在許多報喜文裡，有位孩子的上榜真使我熱淚盈眶，我相信課堂上分享的話有進入其內心，兩年多的師生情誼，他是位遇到難關懂得尋求幫助與解答的學生。陪著他們走過學測，想著這屆也是功德圓滿，自此應該是鵬程萬里，前幾週一如往常地打開為同學解惑的官方Line，一則訊息如霹靂，行程滿檔睡眠不足的睏意頓時全消：

「老師晚安。這幾天面試結束才被告知爸爸癌末怎麼調適？」

當下的我愕然、不捨，也誠惶誠恐。回得太輕怕接不住這信任的重量，回得太沉又怕增添孩子肩上的重量，於是我回以自己前幾年健康亮紅燈，徘徊於鬼門關時自我調適的書單——《西藏生死書》與《莊子》。人心本為血肉，要不受影響，毫不動搖是天方夜譚，每當恐懼與悲傷如潮水襲來，就再翻開書頁，藉助聖賢智慧如搖籃，盡力使自己的心安定。

放榜了，這孩子如願成為準醫生的一員，比起其他報喜的孩子，我特別為他開心，因為這份喜悅如初春的嫩芽，是可以驅走寒冬的煦陽。感謝他們信任我，可以在那麼脆弱的時候，還願意道一句「老師晚安」，這樣輕輕一聲呼喚，是生命深處的加拉爾號角，足以提醒自己不能停下腳步。我在學生身上獲得的不僅是教學的意義，更是自己存在的意義，若命運指派我守望孩子們的彩虹橋，此生便為守門人。

年輕時粗淺，對於自己命盤裡的「太陰化權」沾沾自喜，隨著年紀漸增，發現權力不等於呼風喚雨，而是付出與耕耘。化權亦可解為專業，而專業是無數努力的總和，太陰為月，權為力，也頗合如今與月亮一起打卡的補教人生。慢慢明白了兒時高人的斷語——教育是經年累月的付出，是即便不被理解仍不忘初衷的孤獨，總有人說我投身補教是為名與利，但他們不曉得我真正珍視的是什麼。「所有的安排都是最好的安排」，不堪的過去都是教學上的燃料，讓自己能為孩子們點一盞燈，讓光亮驅走黑暗、讓光明弭平城鄉教育上資源分配的差距。

我想化權最適合以「欲戴王冠，必承其重」當作註腳。比起少女般輕巧地「化祿」，「太陰化權」或許更像帶有極深法令紋與抬頭紋的領袖，敢為天下先地披荊斬棘，並將征途的碎片編織成頂上冠冕。

古之學者必有師。師者，所以傳道、受業、解惑也。人非生而知之者，孰能無惑？惑而不從師，其為惑也終不解矣！生乎吾前，其聞道也，固先乎吾，吾從而師之；生乎吾後，其聞道也，亦先乎吾，吾從而師之。吾師道也，夫庸知其年之先後生於吾乎？是故無貴無賤、無長無少，道之所存，師之所存也。

嗟乎！師道之不傳也久矣！欲人之無惑也難矣！古之聖人，其出人也遠矣，猶且從師而問焉；今之眾人，其下聖人也亦遠矣，而恥學於師。是故聖益聖，愚益愚，聖人之所以為聖，愚人之所以為愚，其皆出於此乎？

愛其子，擇師而教之，於其身也則恥師焉，惑矣！彼童子之師，授之書而習其句讀者，非吾所謂傳其道、解其惑者也。句讀之不知，惑之不解，或師焉，或不焉，小學而大遺，吾未見其明也。

巫、醫、樂師、百工之人，不恥相師。士大夫之族，曰師、曰弟子云者，則群聚而笑之。問之，則曰：「彼與彼年相若也，道相似也。」位卑則足羞，官盛則近諛。嗚呼！師道之不復可知矣！巫、醫、樂師、百工之人，君子不齒，今其智乃反不能及，其可怪也歟！

聖人無常師：孔子師郯子、萇弘、師襄、老聃。郯子之徒，其賢不及孔子。孔子曰：「三人行，則必有我師。」是故弟子不必不如師，師不必賢於弟子。聞道有先後，術業有專攻，如是而已。

李氏子蟠，年十七，好古文，六藝經傳，皆通習之。不拘於時，請學於余，余嘉其能行古道，作師說以貽之。

煉史成詩——㘚見〈鴻門宴〉

事非經過不知難，沒有親自動筆，真難以理解古代文人何以貴「鑄經修史」，而賤稗官小說。即便在明清這般小說黃金時期，多數的小說作者仍選擇隱姓埋名，直到民初文學運動師法西方風潮下，小說的地位才扶搖直上。

小說通俗且親民，流傳性及影響力都極大，其內容天馬行空，任心意馳騁；但修史不行，下筆務必斟酌，近事搜羅資料，遠事還得費神考據。史字本意為記事者，記事貴實，很多時候，事實比虛構更難下筆。「讀史宜夏，其時久也」，每每涉及史部的選文，整堂三小時的課分秒必爭都還未必上得完，若逢即興發揮得淋漓忘我之處，一個主題便需要兩堂課來消化了。

但相較於太史公以生命完成的鉅著，兩堂課真是渺如蟪蛄。自司馬談臨終囑咐：「余為太史而弗論載，廢天下之史文，余甚懼焉，汝其念哉！」將傳承文化包裹於「修史」這個任務裡，「夫孝始於事親，中於事君，終於立身。揚名於後世，以顯父母，此孝之大者也。」以孝道為揹巾，兩代太史公就這樣完成了史學與文化大任的交接。這個包袱，自此，繫上了司法遷之背，他耗時十四年，不僅完成任務，圓滿了其父的期許，更創造了囊括文學與史學的巔峰。

世人也許都錯認藝術是「斗酒詩百篇」的那種瞬間淋漓，靈感也許於瞬間湧出，但完成偉大的作品必定需要恆心與毅力，時間是鑄成「經典」的必要條件。許多作家與藝術家用一生完成經典，卻終身未得享其成，就像為了以作品造福後世而生，離世時甚至寂寂於不知名的角落。這條路如此孤獨，那創作者們又是仰賴什麼走了一輩子？我想那是一種使命感，一種即便未必能被看見，也想傳遞真善美的責任感。文王拘而演《周易》、孔子阨而作《春秋》、左丘失明，厥有《國語》、屈原放逐，乃作《離騷》、韓非囚秦著〈說難〉、〈孤憤〉；〈詩三百篇〉，大抵聖賢發憤之所為作也。

現實的折磨沒有銷蝕他們的理想，只是磨礪出更深厚的內在精神，前人們發憤著書，因為他們想以文字留下藥方，當後人陷入黑暗與苦痛，可以在書頁裡找到光明與解方。

然而在這個被科技餵養得凡事追求「效率」的現今，又有多少人願意回到書裡找答案？資訊傳播賴網路與自媒體變革之利，電光石火間便可達千里之外，但不實消息的流傳也乘勢，如病毒般傳播，以訛傳訛，最終真假難辨，或者說，也沒有那麼多人會費心分辨。為牟利而無視事實的人自古有之，但在流為財富密碼的現今，急於圖利而穿鑿附會之人愈來愈多，想起司馬遷於〈太史公自序〉裡特別註明「凡百三十篇，五十二萬六千五百字，為太史公書」。的用心，其對人性的觀察與洞見的透澈，可見一斑。

讀書時總覺得《史記》為「正史之祖」，稱司馬遷為「史聖」也是理所當然，依著老師與教科書的指引將「紀傳體之祖」畫記；直到邁入三十，開始喜歡探究「人因何而偉大」，才發現「觀察力」是各種偉大裡一個關鍵特質。史書諸體裁裡，紀傳體以「人」為主的體例，可以說是一種「史觀」的顛覆。當絕大部分史家關注於「事件」時，司馬遷察覺了「人物」才是事件背後的推手，若要鑑往知來、防微杜漸，掌握人物性格與成敗的關聯才是可行之舉，因為成功無法複製，但失敗可以透過學習來避免。

完整地呈現個人生平，才不會因為過度簡化而錯判情勢。一加一等於二只在數學領域成立，現實生活裡一分耕耘都不能保證必有一分收穫，我們看見的「成功」，背後是諸多因素的總和，三言兩語難以說清。所以太史公讓我們看——背景環境塑其內，言行舉止發於外，小說般的書寫方式使得舊事不古，逸趣橫生。同學們常常問到史書對話的真實性，的確有許多對話非司馬遷親耳所聞，但他有著史官的嚴謹，下筆必有所本，誠如呂世浩教授所言：「世上從來無法得到『真實的歷史』，我們所能得到的只有『歷史的真實』。」

偉大的發現常常來自於日常的觀察，但我們好像總有忙不完的更重要的事。世界愈來愈「躁」，而且是隨著年紀遞增，以往高中生面臨大學抉擇的「躁」，已經往下感染了部分國中生，甚至是小學生的家長。對未知感到恐懼是一種本能，科技屢屢創新，同時加劇了器物與精神層面的變遷，當周遭環繞著「變動」，未來充滿不確定性，恐懼便蔓延開來，形成靈魂的「踩踏事件」。

太新的東西我們在當世是很難找到解答的，容易被牟利之徒藉機海削一筆。其實我們應當以「靜」制「躁」，科技能提供的是各式感官的媒介，所以每天睜開眼所能接觸到的刺激源很多，不因噎廢食全然廢除3C，但也需因著中庸之道留些滋養精神的空間。閱讀本身就是「靜」的修煉，更能進一步以文字「觀」他人，轉化他人智慧為自己的底蘊。

項羽若是能「靜」一些，結局能不能改寫？

項籍少時，學書不成，去，學劍，又不成。項梁怒之。籍曰：「書，足以記名姓而已；劍，一人敵，不足學，學萬人敵。」於是項梁乃教籍兵法，籍大喜，略知其意，又不肯竟學。

經典總是字字珠璣，所以值得一讀再讀。此段的解讀大多關注於項羽的「不學」，「文字」被他視為簽名用，「劍」只能敵少數，對於符合他心目中可敵萬人的兵法，卻也懂一點大意後就「不肯竟學」。性躁學疏是他的弱點，教學現場也多透過此處提醒同學引以為鑑。

但我一直無法忽視這裡的「怒」字。高中課文〈鴻門宴〉節錄的段落裡，項羽的兩次「大怒」，與劉邦形成了鮮明的對比，「力拔山兮氣蓋世」扛鼎之力可雄踞一方，但治天下必得仰賴團隊之力，項羽的低情商也使得他錯失王天下的機會。

身教重於言教，教育對於人格的養成極其關鍵，當大家聚焦於項羽性格缺陷與其敗亡的連結時，其實我更好奇是什麼樣的環境塑造出這樣的個性？年輕時便已才氣逼人，若有家人栽培，修正缺點，並將優點導向正途，必然前途無限，可惜歷史沒有如果，項羽的家人，我們只看見季父項梁，在極重視血緣的社會裡，沒有父親的孩子往往生活艱辛，若是大家族裡的孤子，也因為無怙，分配到的資源有限。

反覆讀過幾次〈項羽本紀〉，總覺項梁比較像是將項羽當成斧頭在使，不是自己的兒子，想來也不會以「接班人」的方式培養。「子不學」，是不懂事，但大人沒有適時介入，判斷力是由經歷養成，這也是「師古」的原因。項羽不學，項梁此時的「怒」，相較於秦始皇遊會稽時掩其口，曰：「毋妄言，族矣！」都像是以整個項氏家族為考量，雖然「奇籍」，卻也只是琢磨著能如何讓他成為家族的一把利器，所以項羽決策錯誤之處，未見項梁提點，甚至於一步步養成其殘暴的性格。

他暗中囑咐項羽，令他斬會稽郡守殷通，又任其擊殺數十百人；後派項羽攻襄城，「襄城堅守不下。已拔，皆阬之。還報項梁」。項羽的殘暴在太史公的筆下以「烹」、「阬」二字概括，情緒則以「怒」貫之，但回溯源頭，他的成長背景裡缺乏教育與引導，無論項梁是有心還是無意，一顆恆星就這樣變成了流星。

但他真的殘暴嗎？還是其實只是頭腦簡單？這問題一直在腦海裡盤旋。項羽可以阬秦卒二十餘萬，為何卻對「殺劉邦」一事猶豫不決？優柔寡斷和婦人之仁等說法，總像一層紗，使鴻門宴上的多方心思愈發詭譎。於是我想起了宴前那一夜，沛公以巵酒與婚約收服的項伯，無論他是真的相信劉邦「所以遣將守關者，備他盜之出入與非常也。日夜望將軍至，豈敢反乎」，還是為一己私利背棄陣營與家族，相較諸位豪傑渺如蚍蜉的他，一夜之間扭轉了天下這盤大棋，他深知項羽重義，便說之：「今人有大功而擊之，不義也，不如因善遇之。」當下項羽便答應了，所以隔日的宴上，哪怕范增將眼望穿，舉玦到手酸，項王也只是「默然不應」。

我常跟同學開玩笑說，項羽就是個角頭老大，他性格裡的89[1]氣息很重，8＋9＝17，都說道上「兄弟」重義氣，項羽也是。

「蛤——所以項羽是大猴子[2]喔？」近幾年網路上開始出現稱混混或89的新名詞——猴子，乍聽當下，便想起了「沐猴而冠」，頗感貼切。項羽入關中後，「屠咸陽，殺子嬰，燒秦宮」欲東歸，有人進言「關中阻山河四塞，地肥饒，可都以霸」，項羽看著被自己燒得面目全非的秦宮曰：「富貴不歸故鄉，如衣繡夜行。」項羽很淺，只看得到表面，形式的絢爛的確容易抓住眾人目光，但有深度的人就會知道不能囿於表象，深度是以經歷鑿出來的，學習也是其中一種深化自己的方式。但項羽少時不學，更慘的是其一身神力恰逢亂世，使得他誤以為可「以力征經營天下」，尚未遇過挫敗的一代霸王又怎麼可能靜下心來學習與傾聽？

編按：**1** 89——網路用語，源於臺語「八家將」pat-ka-tsiòng之諧音。常被片面用於負面語境，調侃或指涉行事風格被認為輕浮、具挑釁意味的年輕人。

2 猴子——網路用語。是一個負面、具有貶義色彩的稱呼，後亦延伸用於以破壞秩序或不當方法，博取認同與注目的人。

范增要項羽急擊勿失的理由是「其志不在小」與「天子氣」，這在項羽眼中怎麼會是問題？鉅鹿之戰裡，諸侯作壁上觀，項羽以五萬楚軍打敗秦軍四十萬，是史上以寡敵眾少數的勝例，從此威震四方。虎狼之師他都不放在眼裡，更何況是劉邦？反觀項伯口中的「不義」卻正是他心中軟肋。項羽愛面子，就連斬宋義都要先想出個合義的藉口：「宋義與齊謀反楚，楚王陰令羽誅之。」劉邦一見到項羽立刻提出「臣與將軍戮力而攻秦」，二人當時皆屬懷王之下，有同袍之誼，且劉邦稱「臣」謝罪，姿態極低，前有袍澤之義，後有欺弱之嫌，項羽那曾終結無數性命的劍，就被「義氣」摁在鞘中。

「那虞姬怎麼會喜歡一隻猴子？」

「你傻囉？不知道89身邊的妹都很多嗎？」這一題，我還來不及回答，同學們已掀起熱烈的討論。

「老師，為什麼89都交得到女朋友，然後我母胎單身？」一位第一志願裡的資優生，私底下來問我這課本沒教的疑問；也曾有同學在學測前夕「被分手」，理由是陪伴太少。

愛情這議題本就近乎無字天書，但志同才能道合。世間安得兩全法？專心於學業又要怎麼用心於情？單身不是對認真讀書的懲罰，如果真是能相伴一生的伴侶，又怎麼會因為另一半的上進而離心？註定不到白頭的情感終章於此時反而是一種恩典——韶華倏忽，薤露易晞，摘下青春這鮮嫩的菜，心無旁騖地烹製成足以餵養一生的甘饌，琴瑟在御的佳偶便在不遠處。

記得有句話說：「人和人之間的往來，往往始於顏值，敬於才華，合於性格，久於善良，終於人品。」以外表當作人際來往的起點，看似膚淺，卻也貼近人性，要能抵擋五色影響而不盲是不容易的修行；時間是有限且不可逆的資源，將其傾注於何領域，就決定了一個人的內在樣貌。人生不是打電動，消滅了怪物就可以獲得經驗值與寶物，誤以為所有的付出都可以迅速獲得回報是危險的，但近利總是吸睛，等到發現一夜致富只是蜃影，往往已身陷荒漠而追悔莫及。

項羽是有才華的，自古「義」便是為人處世的重要準則。孟子言「捨生取義」、墨子說「萬事莫貴於義」、關羽更被譽為「義薄雲天」，他們皆以「義」為核心凝聚人心，唯獨項羽，雖亦義，卻毀譽參半，評價兩極。

並非項羽不堪，是他的血性與本色被司馬遷描繪得太過真實，正如董復亨轉述顧天埈論太史公筆法：「列傳每於人紕漏處刻畫不肯休，蓋紕漏處，即本人之精神血脈，所以別於諸人也。」真實的人性，是優劣並存，有血有肉，這也正是項羽的霸王本色。

孟子的「居仁由義」是一種內在的道德自覺；墨子的「貴義」則強調外在的社會規範，以公共利益為衡量標準；關羽的「義」則充滿了小說家與民間的期待，「義釋曹操」以報恩，被後世塑造為完美的道德典範，最終神化。同樣是「義」，孟子、墨子、關羽皆能以義聚人，唯獨項羽，在「豎子不足與謀」的悲嘆中走向孤立。無規矩，無以成方圓，子曰：「君子之於天下也，無適也，無莫也，義之與比。」義不是抽象的概念，是落實於日常的圭臬，項羽性情過剛、好勇而不好學，終致「其蔽也狂」，反受其亂。他的義，來自本能與情感衝動，若當年有人能適時提點，使他透過學習培養格局、建立原則，修去戾氣、懂得權衡，那麼楚漢之爭的結局或許將大為不同。

然而，若歷史真能改寫，文學裡便會少了一張鮮明的無雙臉譜，霸王的魅力，恰恰就藏在那份無法圓滿的遺憾之中。他的真性情使他一再錯失改變命運的轉捩點，是人不是神，因此更像我們——血肉凡胎，一樣矛盾複雜、有光有影。他不完美，卻因此更動人，烏江一刎終結了楚漢相爭的戰局，項羽之死卻成為藝術的起點，江東天火燎燒至今，霸氣磅礴的名字，合該是這樣美麗的收梢。

楚軍夜擊，阬秦卒二十餘萬人新安城南。行略定秦地，函谷關有兵守關，不得入。又聞沛公已破咸陽，項羽大怒，使當陽君等擊關，項羽遂入，至於戲西。沛公軍霸上，未得與項羽相見。沛公左司馬曹無傷使人言於項羽曰：「沛公欲王關中，使子嬰為相，珍寶盡有之。」項羽大怒曰：「旦日饗士卒，為擊破沛公軍！」當是時，項羽兵四十萬，在新豐鴻門；沛公兵十萬，在霸上。范增說項羽曰：「沛公居山東時，貪於財貨，好美姬。今入關，財物無所取，婦女無所幸，此其志不在小。吾令人望其氣，皆為龍虎，成五采，此天子氣也，急擊勿失！」

楚左尹項伯者，項羽季父也，素善留侯張良。張良是時從沛公，項伯乃夜馳之沛公軍，私見張良，具告以事，欲呼張良與俱去，曰：「毋從俱死也！」張良曰：「臣為韓王送沛公。沛公今事有急，亡去不義，不可不語。」良乃入，具告沛公。

沛公大驚曰：「為之奈何？」張良曰：「誰為大王為此計者？」曰：「鯫生說我曰：『距關，毋內諸侯，秦地可盡王也。』故聽之。」良曰：「料大王士卒足以當項王乎？」沛公默然，曰：「固不如也，且為之奈何？」張良曰：「請往謂項伯，言『沛公不敢背項王』也。」沛公曰：「君安與項伯有故？」張良曰：「秦時與臣游，項伯殺人，臣活之。今事有急，故幸來告良。」沛公曰：「孰與君少長？」良曰：「長於臣。」沛公曰：「君為我呼入，吾得兄事之。」張良出，要項伯。項伯即入見沛公，沛公奉卮酒為壽，約為婚姻，曰：「吾入關，秋毫不敢有所近，籍吏民、封府庫而待將軍。所以遣將守關者，備他盜之出入與非常也。日夜望將軍至，豈敢反乎？願伯具言臣之不敢倍德也。」項伯許諾，謂沛公曰：「旦日不可不蚤自來謝項王。」沛公曰：「諾！」於是項伯復夜去。

至軍中，具以沛公言報項王。因言曰：「沛公不先破關中，公豈敢入乎？今人有大功而擊之，不義也，不如因善遇之。」項王許諾。沛公旦日從百餘騎來見項王，至鴻門，謝曰：「臣與將軍戮力而攻秦，將軍戰河北，臣戰河南，然不自意能先入關破秦，得復見將軍於此。今者有小人之言，令將軍與臣有郤。」項王曰：「此沛公左司馬曹無傷言之，不然，籍何以至此？」項王即日因留沛公，與飲。

項王、項伯東嚮坐，亞父南嚮坐。亞父者，范增也。沛公北嚮坐，張良西嚮侍。范增數目項王，舉所佩玉玦以示之者三，項王默然不應。范增起，出召項莊，謂曰：「君王為人不忍。若入前為壽，壽畢，請以劍舞，因擊沛公於坐，殺之。不者，若屬皆且為所虜！」莊則入為壽，壽畢，曰：「君王與沛公飲，軍中無以為樂，請以劍舞。」項王曰：「諾！」項莊拔劍起舞，項伯亦拔劍起舞，常以身翼蔽沛公，莊不得擊。於是張良至軍門，見樊噲。樊噲曰：「今日之事何如？」良曰：「甚急！今者項莊拔劍舞，其意常在沛公也。」噲曰：「此迫矣！臣請入，與之同命！」噲即帶劍擁盾入軍門，交戟之衛士欲止不內，樊噲側其盾以撞，衛士仆地，噲遂入，披帷，西嚮立，瞋目視項王，頭髮上指，目眥盡裂。

項王按劍而跽曰：「客何為者？」張良曰：「沛公之參乘樊噲者也。」項王曰：「壯士！賜之卮酒。」則與斗卮酒。噲拜謝，起，立而飲之。項王曰：「賜之彘肩。」則與一生彘肩。樊噲覆其盾於地，加彘肩上，拔劍切而啗之。項王曰：

「壯士！能復飲乎？」樊噲曰：「臣死且不避，卮酒安足辭！夫秦王有虎狼之心，殺人如不能舉，刑人如恐不勝，天下皆叛之。懷王與諸將約曰：『先破秦入咸陽者王之。』今沛公先破秦，入咸陽，毫毛不敢有所近，封閉宮室，還軍霸上，以待大王來。故遣將守關者，備他盜出入與非常也。勞苦而功高如此，未有封侯之賞，而聽細說，欲誅有功之人，此亡秦之續耳！竊為大王不取也。」項王未有以應，曰：「坐！」樊噲從良坐。坐須臾，沛公起如廁，因招樊噲出。

沛公已出，項王使都尉陳平召沛公。沛公曰：「今者出，未辭也，為之奈何？」樊噲曰：「大行不顧細謹，大禮不辭小讓。如今人方為刀俎，我為魚肉，何辭為？」於是遂去，乃令張良留謝。良問曰：「大王來何操？」曰：「我持白璧一雙，欲獻項王；玉斗一雙，欲與亞父。會其怒，不敢獻，公為我獻之。」張良曰：「謹諾。」當是時，項王軍在鴻門下，沛公軍在霸上，相去四十里。沛公則置車騎，脫身獨騎，與樊噲、夏侯嬰、靳彊、紀信等四人持劍盾步走，從酈山下，道芷陽閒行。沛公謂張良曰：「從此道至吾軍，不過二十里耳。度我至軍中，公乃入。」

沛公已去，間至軍中。張良入謝，曰：「沛公不勝桮杓，不能辭，謹使臣良奉白璧一雙，再拜獻大王足下；玉斗一雙，再拜奉大將軍足下。」項王曰：「沛公安在？」良曰：「聞大王有意督過之，脫身獨去，已至軍矣。」項王則受璧，置之坐上。亞父受玉斗，置之地，拔劍撞而破之，曰：「唉！豎子不足與謀，奪項王天下者，必沛公也，吾屬今為之虜矣！」沛公至軍，立誅殺曹無傷。

人生五味——曌見〈勞山道士〉

「人為什麼要工作？」這個問題可以很務實，也可以很浪漫；務實派的談生存、浪漫派的談生活。「火」是開啟文明的鑰匙，它讓我們開始有了與野獸拚搏的籌碼，不再惶惶於生存，才有餘裕感受生活。除了少數家產豐厚的人，一般人的一生，都得再走一遍將蠻荒開拓成碩野的發展史。

也許大部分的人會認為「工作」是指畢業後踏入社會與職場，但我認為，學習就是學生的工作，只是所得不是金錢，而是知識或技能。學習時，優異的成績讓我們覺得付出的努力有回報，但除了成績單的數字，還有心中的成就感；工作時，薪資的高低也未必是我們取捨的關鍵，任何事，都只有樂在其中才能長久，這就是「情緒價值」。

基本工資連八漲，勞基法也不斷修改，但大部分的人卻都還是覺得「生活」不易，我想那是因為政策頒布時忘了參酌最重要的變因——人性。設置基本工資的爭議至今仍無定論，經濟學非我專門，在此不多探討，但《論語》裡有段孔子闡述治國理念之言，拿來討論勞資市場其實也頗貼切：「道之以政，齊之以刑，民免而無恥；道之以德，齊之以禮，有恥且格。」

法律能規範到的往往是原本就守規矩的人，防君子不防小人，替勞工爭取權益的同時，也給了資方調整售價的理由，畢竟賠錢的生意沒人做，所以才會有薪水的漲幅跟不上物價漲幅之嘆，這些最終都將交給市場機制去平衡。但近幾年浮現的勞工蟑螂問題，若相關單位不正視，對中小企業的衝擊實為隱憂。有剝削員工的慣老闆，也有惡意鑽漏洞的求職蟑螂與眼高手低的慣員工。這些都將導致不友善的工作環境，除了仰賴法律，避免被剝削的良方是厚植自己的實力，創造議價的籌碼，所以我想談談蒲松齡筆下的「王生」。

作家，是替思想製作標本的靈魂解剖師，以文字封存瞬念，為時間留下剖面的證據。

散文是日常閒話，當情緒淹過了文字便漫為詩，想說的太多則築成小說，透過故事人物演繹作者心中想法。蒲松齡一生不遇，科場不利的他直到七十一歲才補歲貢生，窮困的境遇與潦倒生活中的所見所感成了他《聊齋》中的妖狐鬼神。他以唐傳奇的神怪筆法寫人世間的亂象、以鬼魅的可愛襯人情的險惡，就像我常跟同學說的：「鬼不會把你賣去柬埔寨，人才會。」

經典小說必有鮮明的人物，所以人物的背景設定很關鍵。「故家」是世家大族，所以王生就是富N代，這幾年的課堂上，開始有同學會提出「道士是慣老闆，壓榨王生……」之類的言論，通常我會先提出一個問題：「你覺得誰能壓榨豪門子弟？」如果把這個設定也考量進來，所謂「讓王生做白工」的命題就有了第一個突破口。

人際互動很多時候就是一場交易，王生前往勞山的動機是「慕道」，教科書皆註解為神仙法術，但我總認為蒲松齡這裡的「道」字是有些弦外之音的。無論是儒家的「修道之謂性」，或是道家可臻「游刃有餘」的境界，需要的都是時間，許多名家甚至是一生修行，王生慕道，卻妄圖於短短三個月就學「術」有成，他的好逸惡勞與投機取巧便不言而喻。

執教至今也遇過不少「王生」，許多來求職的，看見的都是名師的光環，沒有登台經驗而想成為名師，領著比正式教師還高的薪水，叫他改作文：「我是來學教書，不是來學改作文的。」叫他保持寫題目以掌握考試方向：「我是來學教書，不是來學解題的。」現行國文科的教育哪來不改作文不解題的老師？有時候我都不免想著，這些人去了其他行業會是什麼光景：「我是來當店員不是來賣咖啡的。」「我是來當行政助理不是來影印文件的。」

會不會就是他們求學階段就被灌輸：除了看書其餘什麼都不用做，才會讓他們對學習的定義這麼狹隘？當同學們覺得採樵和求術無關時，是不是就像那些求職者覺得改作文、寫題目和教書無關？甚至出現「學校教的出社會都用不上」這種言論？當同學覺得學歷和能力無關的時候，我常常告訴他們：

「你沒有學歷當門票，要怎麼讓老闆看見你的能力？」

「當你的工作就是學習的時候，你不願意花時間在課業上，又要怎麼證明你進入職場就會將時間花在工作上？讀書不認真還是能畢業，工作不認真轉眼就失業。」

學習從來不只是為了成績，更多是為了養成態度。「宜早寢，勿誤樵蘇」——這句話表面看似生活叮嚀，實則是一種紀律與自省。道士讓王生砍柴，並不是要他生產什麼可以賣錢的手工藝品，而是讓他參與生活、體察節奏。柴火是觀宇中最基本的生活資源，若連這樣的日常都嫌麻煩，那麼他的修道之心，又怎會長久？說王生是在「做白工」，其實是忽略了他每日起居所倚賴的資源與人情，而這份「成本」——正是他學道之路最初也最真實的一部分。

有些語錄妙語如珠，卻也有些語錄讓我憂心其傳遞的價值觀：「吃得苦中苦，方為人下人」、「吃得苦中苦，就有更多苦」。這之間的問題不在於吃苦與成功的連結，而是在於在惰性的驅使下，這樣的語錄會成為好吃懶做的藉口。當然，這並不是要鼓勵資方的剝削，也不是提倡勞工只能逆來順受。關鍵在於：每個人都該學會衡量「苦」的適切與價值。合理的苦，是磨礪心志的過程，是築夢踏實的基石；而不合理的苦，則只是徒然的空轉與耗損，是把人推向麻木與倦怠的黑洞。

這之間的輕重該怎麼秤？只有自己握得住秤桿，才知哪種苦是磨礪，哪種苦是消耗。感覺是主觀的，要在世間游刃有餘，就需要訓練理性以駕馭感性。

我們追求「快樂」，覺得自己在享受美食，其實卻活在感官的錯覺裡而不自知——「五味雜陳」，但真正屬於味覺的，其實只有四種：酸、甜、苦、鹹；最易讓人「上癮」的辣，其實是觸覺，是痛覺神經的刺激，換句話說，「無辣不歡」的背後，本質上是對疼痛的誤解與馴化。

學習與生活又何嘗不是？那些我們抗拒的、不願意面對的，往往才是生命真正的調味。只是我們太容易誤以為「舒服」就等於「對」，而忘了：養人的從來不是純粹的甜，而是能讓各種滋味平衡交融的心智與耐性。

人心總有偏好，但天道有常，不會因為我們厭惡夏天的燠熱與冬天的酷寒，便讓春華常綻、秋月常圓。四時有序，是天地的節律，也是生命的規則，就如五味之中——酸、甜、苦、鹹、辛——無一可偏廢。中醫講究五味調和，藥膳亦重在平衡，偏一味而廢其餘，不但不能滋養，反易傷身。

人生亦然。誰不嚮往甜？但若無苦澀為襯，甜就不再可貴。過猶不及的道理常提，但真理總是知易行難，也許是另一種惰性，所以到現在生活還是滿滿的教書行程。我甚少出現在教室之外的空間。若非友人邀約，我大概也很難主動踏出我的蝸殼，至今唯一的烘焙課初體驗，也是蒙友人先斬後奏替我報名了，我才有機會親手碰觸那些「甜點」原來的樣貌。

食譜已經記不得，但我聽到甜點要加鹽時的鄉巴佬驚呼倒還清晰，學習的可貴就在於不侷限於形式，關鍵是擁有一顆學習的心。現在的我依然不會烘焙，但我至今還記得這堂「鹽巴的啟示」：幾粒鹽巴，使糕點甜而不膩，同時，眾人避之唯恐不及的苦，也唯有鹹味可以壓制。

自此我開始將目光移至書本以外，試圖在飲饌之間拾掇些什麼，五味爭鳴是我整理至今的便箋。

道家是鹹味：大道潛於無，海鮮不經烹製仍是舌尖上的饗宴。法家是辛味：適當的辣可以行氣，促進循環，法令與規範就像薑，稚子入口一定哇哇叫，但冬季裡一鍋熱騰騰的薑母鴨，卻是成年後驅寒補氣的食補佳肴。

而當同學們分不清儒家與墨家，我便跟他們聊聊鳳梨苦瓜雞，苦瓜與香菜一直是我的拒絕往來戶，唯獨此湯除外——啜湯入口，鳳梨的酸與苦瓜之苦竟能熬成一鍋鮮甜，厚濁褐橙的湯汁入喉，腦海浮現的是孔子與墨子跋涉四方的腳下風塵。墨家食「糲粱藜藿」、著「葛衣鹿裘」，就像讓部分人士退避三舍的苦瓜，儉雖好，但難遵，苦清心，但難咽；儒者諄諄，像極了山楂，功效繁多諸如消食化積、活血化瘀、降血脂、降血壓，甚至是抗氧化，但若直接食用總會酸得眼角泛淚。如若做成梅花形狀的山楂餅，卻反令人欲罷不能，中藥苦口後的朵朵梅花就像教師們的愛與責任。

甜味宜人正在於其日常與親和，香蕉、地瓜、芋頭、蜂蜜……老少咸宜，任選幾種搭配便是美味小點，但吃多了就擔心肥胖與疾病找上門。喜甜是天性，好逸也是，適當勞動後的閒逸才甘甜，若像王生那般嬌惰畏苦，不僅嘗不到甜頭，最終也將於現實社會裡觸壁而踣。「富養」一詞至今仍眾說紛紜，莫衷一是。父母欲富養子女，是本能的親情流露；但真正對孩子有益的富養，從來不是物質的堆砌，而是精神的豐盈與內在的強健。除了教他們習得自給自足的技能，更要讓他們擁有正確的態度、持久的韌性，以及足以面對現實風浪的心靈肌力——這樣的孩子，才嘗得出人生真正的甜，也承受得起它背後潛藏的各種滋味。

老生常談與苦口婆心其實也是一種不忍，「吃苦當吃補」不是支持慣老闆，而是希望讓年輕一代懂得人生向來是甘苦相隨，好吃的巧克力，其風味的關鍵也在可可的苦味。小時候嗜甜，長大後卻以咖啡續命，緊鑼密鼓的行程需要濃萃的咖啡因提神，苦澀卻令人皺眉，欲以牛奶增添一點甜味，來一杯拿鐵，又開始計算起卡路里。人生總在矛盾與拉扯中緩步前行，然後在幾個瀕臨放棄的痛苦時刻，想起「誰謂荼苦？其甘如薺」。

那些忻慕著名師光環而來，待個數月或一兩年，自以為嫻熟穿牆術而離開團隊的王生們，至今還悟不出的奇術：剪紙為月、箸化嫦娥，其實絢麗法術的起點是日常隨手可得的紙與筷；講台上的談笑風生，看似輕盈從容，背後是無數晝夜的進修與備課，在數不清的幽闃深夜裡，將生命裡的苦痛磨礪成課堂裡的妙語如珠。

邑有王生，行七，故家子。少慕道，聞勞山多仙人，負笈往遊。登一頂，有觀宇，甚幽。一道士坐蒲團上，素髮垂領，而神觀爽邁。叩而與語，理甚玄妙。

請師之，道士曰：「恐嬌惰不能作苦。」答言：「能之！」其門人甚眾，薄暮畢集，王俱與稽首，遂留觀中。

凌晨，道士呼王去，授以斧，使隨眾採樵。王謹受教。過月餘，手足重繭，不堪其苦，陰有歸志。

一夕歸，見二人與師共酌。日已暮，尚無燈燭，師乃翦紙如鏡，黏壁間。俄頃，月明輝室，光鑑毫芒。諸門人環聽奔走。一客曰：「良宵勝樂，不可不同。」乃於案上取壺酒，分賚諸徒，且囑盡醉。王自思：「七、八人，壺酒何能遍給？」遂各覓盎盂，競飲先釂，唯恐樽盡。而往復挹注，竟不少減。心奇之。

俄，一客曰：「蒙賜月明之照，乃爾寂飲，何不呼嫦娥來？」乃以箸擲月中。見一美人自光中出，初不盈尺，至地，遂與人等。纖腰秀項，翩翩作霓裳舞。已而歌曰：「仙仙乎！而還乎？而幽我於廣寒乎？」其聲清越，烈如簫管。歌畢，盤旋而起，躍登几上。驚顧之間，已復為箸。三人大笑。又一客曰：「今宵最樂，然不勝酒力矣，其餞我於月宮可乎？」三人移席，漸入月中。眾視三人坐月中飲，鬚眉畢見，如影之在鏡中。移時，月漸暗。門人然燭來，則道士獨坐，而客杳矣。几上肴核如故，壁上月，紙圓如鏡而已。道士問眾：「飲足乎？」曰：「足矣。」「足，宜早寢，勿誤樵蘇。」眾諾而退。王竊忻慕，歸念遂息。

又一月，苦不可忍，而道士並不傳教一術。心不能待，辭曰：「弟子數百里受業仙師，縱不能得長生術，或小有傳習，亦可慰求教之心。今閱兩、三月，不過早樵而暮歸，弟子在家，未諳此苦。」道士笑曰：「我固謂不能作苦，今果然。明早當遣汝行。」王曰：「弟子操作多日，師略授小技，此來為不負也。」道士問：「何術之求？」王曰：「每見師行處，牆壁所不能隔，但得此法足矣。」道士笑而允之，乃傳以訣，令自咒，畢，呼曰：「入之！」王面牆，不敢入。又曰：「試入之。」王果從容入，及牆而阻。道士曰：「俛首驟入，勿逡巡！」王果去牆數步，奔而入。及牆，虛若無物，回視，果在牆外矣。大喜，入謝。道士曰：「歸宜潔持，否則不驗。」遂助資斧，遣之歸。

抵家，自詡遇仙，堅壁所不能阻。妻不信。王效其作為，去牆數尺，奔而入，頭觸硬壁，驀然而踣。妻扶視之，額上墳起如巨卵焉。妻揶揄之，王慚忿，罵老道士之無良而已。

異史氏曰：「聞此事，未有不大笑者，而不知世之為王生者正復不少。今有傖父，喜疢毒而畏藥石，遂有吮癰舐痔者，進宣威逞暴之術，以迎其旨，紿之曰：『執此術也以往，可以橫行而無礙。』初試，未嘗不少效，遂謂天下之大，舉可以如是行矣，勢不至觸硬壁而顛蹶不止也。」

夏之卷——時間

「時間」始於洪荒，也許，終於濕婆閉眼？抑或無涯？然而微塵般的你我，於宇宙的面前只能匍匐。始自呱呱墜地時的無知，然後於生命的最後一刻方才意識：此時便是此生沙漏的最後一瞬。

猶記初讀王羲之「一死生為虛誕，齊彭殤為妄作」，在流暢優美的字句洗禮中眉頭卻不禁皺起，思緒彷佛纏著什麼，然後悄然於心頭蒔下惑之籽，被時光悄然滋潤，無聲。直至外婆最後一次闔眼的那個雨夜，心碎的聲音震耳欲聾一如春雷，喚醒了深蟄於心底的疑惑——何為生？何為死？而我，今生的課題又是什麼？

現實的殘酷不容許人們擁有太多思考的時間，絕大部分的時光都被換成了柴米油鹽、四季三餐，日復一日地，然後於某些個略為寬裕的時刻，又為資本主義下五光十色的絢爛包裝傾心，掏空了荷包與心靈為「小確幸」買單。人們很容易看見存摺上的數字變化，卻看不見每天上班上課途徑，時光消逝的痕跡——也許是樹梢新抽的綠芽、田裡剛收割完的鳳梨，也可以是悄然換了招牌的店家。

如果生命的本質是時間，那麼我們的忽視將造就一趟怎樣的生命旅程？

曾經我也迷惑過，亦眩目於資本主義下的琳琅滿目，以青春換取了不少至今仍封箱於貯藏室的「必買」物品，我想那是唯一毫無保留地愛我的外婆離世後，我試圖填補內心空缺的方式。然而無論上桌的菜肴再精緻，心頭掠過的仍是兒時阿媽教我辨認「黑點歸仔[3]」，然後於路邊無主的野草堆中，一點一點摘取當日的晚餐。望著雜草比黑點歸仔多的籃子，阿媽總是略皺眉，叨念著這樣以後怎麼嫁人？一如她於廚房裡，堅持了十幾年的廚藝傳授。當時的我尚未能預見十多年後蓬勃的美食外送，卻總摸著被油濺到的部位回嘴：那就不要嫁啊！

編按：3 黑點歸仔——臺語野菜名。即烏鬼仔菜，oo-kuí-á-tshài，亦作烏甜仔菜。龍葵。草本植物。葉互生，橢圓形，葉緣也有呈波狀，花白色，漿果球形，成熟時為黑色。可用作藥物。嫩葉為一種野生蔬菜，炒或作湯皆可。

時間帶走了外婆，但帶不走她二十多年的養育之恩與美好點滴。於是每當想她的時刻，我會走入廚房，試著重現她為了我嫁作人婦不厭其煩傳授的家常菜。於鍋鏟的翻炒中，彷彿還感受得到阿媽的握力，然後伴著心頭掠起的「方生方死，方死方生」，不自覺地勾起脣畔的微笑。

我想時間不是科學家們致力便可解的議題，「一死生」亦非虛誕。時間一如外婆家那鐵皮拓建的簡陋廚房，僅有單薄的木門，移動的聲音像一位老者，包含歲月沉澱在他們身上的什麼，一聲聲蘊含著無盡的故事。

時光琥珀——曌見〈項脊軒志〉

小時候的夢想是擁有自己的房間，可以的話最好還可以有一間獨立的書房。在寸土寸金的現在其實是一種奢侈。

「齁——老師你富二代齁——」

「拜託，用詞請精確，自己的房間怎麼會是富二代的『夢想』？老師還看過學生可以在家裡打高爾夫球的耶！我是清寒教育工作者，好嗎？」語音未落，同學又一陣喧騰，他們總是誤認我為有錢人，但是在我自己的認知裡，我只能稱得上衣食無虞，憑藉著家教與補教生存，在工作經驗裡真實地體驗了「貧富差距」，不是PR99的那種富人，是PR99.99的那種。

「我都要和我妹擠在同一個房間。」

「我們家是小孩子全部睡一間耶！」座中靜靜笑而不語的，想來不是獨生子女，便是擁有自己房間的幸運兒。

不是說好了「書中自有黃金屋」嗎？古聖先賢們留下的指引不斷被推翻。科技就像蠶寶寶，有人愛不釋手覺得可愛死了，卻也有人覺得恐怖得要命，無視各執一詞兩方如何喧譁，牠靜靜地啃著桑葉，啃著前輩們羅織了數千年的智慧。

以往是長江後浪推前浪，但不曉得從何時開始，年輕一代不再是活力四射的保證，出生即厭世不是哏圖上的笑話。我們這一代被稱為草莓族，還記得高中時的我對於此標籤的感想是「草莓很貴耶？而且很好吃」。完全無法領略到貶抑的部分。草莓族一詞最關鍵的部分在於「嬌生慣養、抗壓力不足、一碰就爛」，我的成長環境與「嬌慣」一詞完全搭不上邊。「沒有傘的孩子才能跑得快」，我的成長史裡不僅沒有傘，還一路狂風暴雨，曾經也怨懟過，但現在的自己倒是慶幸自己是風雨「澆灌」的孩子。

但我常常提醒同學：「我是倖存者，你們要避免落入倖存者偏差。」

薪水的漲幅跟不上物價的漲幅，而且物價和房價還是兩回事，以往存到一百萬便可以驕傲地宣示擁有了第一桶金，現在的一百萬真的是做不了太多事，對於連一百萬都存不到的人們又情何以堪？

我是草莓族，而我的弟弟妹妹則被稱為「水蜜桃族」，在沒有家族長輩的支援下，我是在北漂的執教生涯裡，以好幾年的「七條龍[4]」購入了安身立命的小空間，現在回想起來還是一段不堪回首被工作淹沒的日子，但我還算是幸運的，他倆至今尚未置產。「蝸牛都還有殼耶！我比蝸牛還不如」。舍妹的這句話雖是玩笑性質，但這難道不是我們這世代的無奈？

自小對書與文具的執著以「痴」字形容還略顯不足。此生第一次離家出走，收拾的細軟是棉被、參考書與筆袋，小豬撲滿掏空後只夠買一張往臺北的單程車票，剩餘的八十五

編按：4 七條龍——補教界術語。講師自白天到晚上滿堂為「一條龍」，若一週七日皆是如此，便稱「七條龍」。形容工作排程極度緊湊，毫無間歇。

元就這樣陪著我在臺北街頭遊蕩。印象中下車的地點是信義區，忘了是路燈明亮還是因街邊有著ＬＥＤ裝飾，對臺北的第一印象真的是富麗堂皇，但清晰的街景終被內心的惶惶霧化，選擇臺北成為逃生口是因為阿姨住臺北，但下了車才發現，原來臺北那麼大，不像雲林是可以一路問津就抵達目的地的。

同學們聽到這段故事時若不是為了我的行囊大笑，就是對我揣著不到百元就勇闖天龍國覺得驚嘆。離家出走選擇帶書，不是窮到沒別的選擇，就是對書有著莫名的執著，而我兩者兼具。於是從十七歲打工求生起，一路從租屋到購屋，無論如何，書架一定是我房間的優先考量，從簡易書櫃到訂製書櫃，這份執著也許是來自一種潛意識：在我人生的谷底，是書本相伴，匆匆半生遭遇許多人事物，唯有書本不離不棄。

一一〇學年度北模國寫試題「理想的房間」，節錄《紅樓夢》第四十回與陳列《躊躇之歌》，以林黛玉的房間以及陳列獄友的房間引導同學思考，「房間」除了承載主人性格或生命史，也能在他人進入房間時展示人我互動的方式。這是個滿好的題目，但同學們作答時若就現實層面考量，他們想到的是「我沒有自己的房間」、「我理想的房間就是沒有我哥」、「買房這麼難，哪可能有理想的房間」也無可厚非。

項脊軒，舊南閤子也。室僅方丈，可容一人居。百年老屋，塵泥滲漉，雨澤下注，每移案，顧視無可置者。又北向，不能得日，日過午已昏。余稍為修葺，使不上漏。前闢四窗，垣牆周庭，以當南日，日影反照，室始洞然。又雜植蘭、桂、竹、木於庭，舊時欄楯，亦遂增勝。借書滿架，偃仰嘯歌，冥然兀坐，萬籟有聲，而庭階寂寂，小鳥時來啄食，人至不去。三五之夜，明月半牆，桂影斑駁，風移影動，珊珊可愛。

我常跟同學開玩笑說，〈項脊軒志〉的首段印證了室內設計師的重要性，修葺前的樣子可能託給房仲都搖頭。當然如果位於黃金地段就不同了，江湖傳說：沒有賣不出去的房子，只有賣不出去的價格。

一般人對文言文望而生畏的原因，除了「雅潔」的性質外，大量的虛詞也是關鍵。注音符號與標點符號都是近代產物，我視其為推行白話文的配套措施，每每跟同學略提注音與標點的緣由時，台下總是驚呼連連，畢竟他們是對英文字母更熟悉的世代。

「英文字母有幾個？」

「二十六——」此題無分城鄉，由南到北的同學們總是可以異口同聲地回答我。

「那注音符號呢？」座下學子面面相覷，有的開始折手指，有的低聲試探性地回答：

「二十七？」欸……這不是接龍誒。

「三十二？」很努力地折完手指的孩子回答道。

「屁啦——那是牙齒好不好！」坐他旁邊的是一位以臺大牙醫系為志願的孩子，對牙齒比對注音符號熟也是一定的。當我揭曉答案是三十七，大部分的孩子都覺得不可思議，好像國語並非他們母語一樣。

為了拉近同學們與國文課的距離，許多老師都是煞費苦心，除了日常人與人之間的溝通，對於資訊的擷取與整理也是很實用的一環：

房屋特點	修葺前（內文）	修葺後（內文）	說明
舊	百年老屋。	×	時間與空間的有限性，難以超越。

小	室僅方丈。	×	時間與空間的有限性，難以超越。
髒	塵泥滲漉。	1雜植蘭、桂、竹、木於庭，舊時欄楯，亦遂增勝。 2借書滿架。	環境的好壞不僅取決於整潔，擺飾與物件更可顯主人翁心性。
濕	雨澤下注。	稍為修葺，使不上漏。	葺，修補。此句作為轉折切割前後文，對於「更新」快過「補舊」的現代可供反思。
暗	北向不能得日，日過午已昏。	前闢四窗，垣牆周庭，以當南日，日影反照，室始洞然。	現代的採光可以依靠科技改善，但在沒有電燈的明代，此手法也是一種智慧的展現。

通常在上課前就會讓同學先整理出此張表格，作為混合題的基礎練習，只需要提醒孩子們歸結出房間原本的五大特點，整張表格要完成並不困難，同時對於首段的結構與大

意同學也已了然於心。

塵泥滲漉可以透過修繕與灑掃變得整潔，但真正使人快樂的是滿架的書籍隨取隨看，望向庭院，滿目的蔥蘢是大地的生機，也是能揮去生活庸碌與煩躁的拂塵。古人以植物為友的相關典故不少，周濂溪愛蓮、陶淵明采菊、王子猷種竹、林和靖妻梅，都是中學生耳熟能詳的故事，象徵君子道德的成分比重多少不一定，嚮往植物的靜謐與純粹是人性對美的追求。

擁有自己的房間（或者稱為私領域）何以重要？也許是因為我們的心不能無處安放；除了少數顛沛流離仍創造偉大的先賢，大部分的人還是需要安身之所才能立命。無關寬敞或狹小，這個空間可以任意坐臥，隨意擺放自己的愛好，收藏珍貴的回憶，蒐羅生活的歡愉並傾瀉自己的憂傷。

然余居此，多可喜，亦多可悲。先是，庭中通南北為一，迨諸父異爨，內外多置小門牆，往往而是。東犬西吠，客踰庖而宴，雞棲於廳。庭中始為籬，已為牆，凡再變矣！家有老嫗，嘗居於此。嫗，先大母婢也，乳二世，先妣撫之甚厚。室西連於中閨，先妣嘗一至。嫗每謂余曰：「某所，而母立於茲。」嫗又曰：「汝姊在吾懷，呱呱而泣，娘以指扣門扉曰：『兒寒乎？欲食乎？』吾從板外相為應答。」語未畢，余泣，嫗亦泣。

寫作時段落的轉折若是能處理得巧妙，不僅引人入勝，也能成為文章的亮點之一。就像領帶，一套西裝有許多穿搭的細節，繫上領帶時給人正式與尊重的感受，打得愈緊實顯得愈嚴謹，不同的花色分別呈現莊重、輕鬆或親近，當然也可以乾脆不打，呈現出王右軍般的率性，但這通常要將著衣者的顏值（文筆）考量進去。

「然余居此，多可喜，亦多可悲」。簡簡單單的一句話，承上啟下，轉折處最怕拖沓，解釋得太多、使用的詞彙太雜容易失焦，轉得巧妙需要輕盈靈巧，此處直接點出喜與悲，由樂景轉入哀景自然流暢。

第一段書寫的是「項脊軒」的物理層面：空間修繕。但真正的焦點其實不是這些肉眼可見的景象，而是在於許多逐漸零落的人與事，寫實只需「胸有成竹」，但寫意時如何運用象徵或景物描寫來烘托抽象的情思，精準地按下文字的快門，才能在讀者心湖擲下一顆石子。

女性親屬對歸有光的影響想必極深，此文前後雖分屬兩個時期寫成，對「母親、大母、亡妻」的追思串起了全文：

	課文——動作（行）	課文——對話（言）	說明
母親	娘以指叩門扉。	兒寒乎？欲食乎？	簡單的兩句話，四個實詞便勾勒出心繫孩兒溫（寒）飽（食）的母親形象。
大母	1 比去，以手闔門。 2 持一象笏至。	1 吾家讀書久不效，兒之成，則可待乎？ 2 此吾祖太常公宣德間執此以朝，他日汝當用之。	祖母的話出場得特別多（包括大類女郎的玩笑），透露出長者叨念背後的關懷，期許作者光耀門楣也是種肯定。
亡妻	1 吾妻歸寧，述諸小妹語。 2 庭有枇杷樹，吾妻死之年所手植。	聞姊家有閤子，且何謂閤子也？	詳見後文。

以人物書寫為主題的作文，對同學而言常常是易寫難精的題目，九十八學年度基測作文試題「常常，我想起那雙手」，提供了比較好下筆的著眼處。

情感難以描述，唯有依附於場景與事物。以「指」扣門，是母親對孩子的呵護，照顧過嬰兒的便明白，稍微大一點的聲響容易驚嚇到尚在適應世界的襁褓，這樣細微的動作書寫，呈現出了母愛的無微不至；以「手」闔門，是祖母對孫子的疼惜，我常開玩笑說：「有一種冷，叫阿媽覺得你冷。」書寫（外）祖父母時，添衣添飯都是滿好的素材。三十五歲補上的後記中，追憶亡妻的「枇杷樹」，至今仍亭亭於所有高中生的心目中，強調「手植」，除了是一種睹物思人，聚焦於手部的描述，也是繼承古典文學的一脈優雅。

源自《詩經．國風．衛風．碩人》的「手如柔荑」，女子的手屢屢於文學作品中現蹤，〈關雎〉裡「參差荇菜，左右采之」的淑女、漢樂府〈上山采蘼蕪〉裡的「手爪不相如」、唐代李白筆下「浣紗弄碧水」的西施，以及宋代陸游〈釵頭鳳〉裡的「紅酥手」……擁有靈巧雙手使人類得以建立輝煌的文明。古代女性成為妻子，操持家務之餘以「女紅」貼補家計，為人母後更是有無數個日夜餵奶、大小便清理、輕拍安撫嬰啼，遇到高需求寶寶抱著睡是日常，母親背倚床頭，將臂彎圈成床，神奇的是這樣抱著孩子睡覺，醒來總發現雙手未曾鬆開，「不眠不休」是母親一職最貼切的註腳，無數雙手的「撫我畜我」，串起了人類無數個世代。

情感需要寄託，人事的變遷更是需要透過象徵物以達到具體呈現的效果。親族之間的隔閡，透過「小門牆」顯得立體，庭中由「籬」而「牆」，隔閡日深，從疏離而至陌路的冰冷躍然紙上。學測國寫參考試卷裡節錄洪素麗〈瓷碗〉，要同學針對文章裡簡述川端康成極短篇中「妻子打破瓷碗」，以及「男子耳旁恆常響起瓷碗落地的聲音」提出個人的詮釋，也是賞析寓情（理）於物的演練。

余自束髮讀書軒中，一日，大母過余曰：「吾兒，久不見若影，何竟日默默在此，大類女郎也？」比去，以手闔門，自語曰：「吾家讀書久不效，兒之成，則可待乎！」頃之，持一象笏至，曰：「此吾祖太常公宣德間執此以朝，他日汝當用之。」瞻顧遺跡，如在昨日，令人長號不自禁。

象徵法在文學裡是許多文類「藝術性」的骨幹，散文使用象徵法牽引讀者的想像，新詩裡的象徵是通往詩境「彷彿若有光」的指引，小說裡的象徵阡陌出許多意義，看似不經意的微小物件或動作，卻成了故事裡的蒔繪，琦君〈髻〉裡以髮象徵母親與姨娘的心結，白先勇〈遊園驚夢〉裡那雙帶刺馬靴翻湧的情欲，以及〈傾城之戀〉裡的綠手印與燈，訴盡了寂寞：

> 流蘇到處瞧了一遍，到一處開一處的燈。客室裡的門窗上的綠漆還沒乾，她用食指摸著試了一試，然後把那粘粘的指尖貼在牆上，一貼一個綠跡子。為什麼不？這又不犯法！這是她的家！她笑了，索性在那蒲公英黃的粉牆上打了一個鮮明的綠手印。

祖母去而復返手執的象笏，除了是家族榮耀的傳承，也是一位長者的期待。象笏為古代大臣朝見君王所執的手板，古代的讀書仕進之路不易，能入朝為官是莫大的榮耀，祖母將這已略有年分的笏板遞給歸有光時，期許孫兒光耀門楣之情已可想見。

使用象徵法時，由生活經驗取材較易情真意切，同學們常常說自己是平凡人，所以沒有寫作的好素材，但其實作家與常人最大的差別在於：作家是動筆寫下的那一個，同學們無論是透過繳作文批改檢視，或是找我當面討論寫作大綱及故事，時不時便可發現極好的素材，只是他們當局者迷不自知。

父親抽的不是菸，是寂寞。

母親遞給我的不僅是溫熱的牛奶，更是一份無微不至的關懷。

當同學透過以上的句子練習寫作的意象與象徵，試著掌握初階的虛實轉換，雖然常有造句直白得令我眼白頻頻（從父母遞來的零用錢更是榮登寫作素材第一名），執教生涯裡，還是有不少至今難忘的佳篇。有位同學寫父親騎機車接送他上下學，風雨無阻，文章較平實，一番討論後，修改為一次放學時偶遇暴雨，車廂裡僅存的一件「雨衣」，便是象徵父愛極好的道具；另外有位總是問問題問到大樓關燈的孩子，利用皺皺且帶有魚腥味的鈔票，勾勒出了一位自清晨開始擺攤，努力養家活口的魚販父親，翻轉了銅臭味對於情感書寫的妨礙。

〈項脊軒志〉的情緒也在此段來到最高點，由「泣」到「長嚎」，書寫此文的歸有光年方十八，仍是情緒鮮明大喜大悲的年紀，相對於三十五歲時補上的後記，對於愛妻過世僅輕輕一句「室壞不修」，無聲之悲愈是震耳欲聾，是章法裡的筆淡情濃，也是人情裡的紙短情長。

軒東故嘗為廚，人往，從軒前過。余扃牖而居，久之，能以足音辨人。軒凡四遭火，得不焚，殆有神護者。

項脊生曰：「蜀清守丹穴，利甲天下，其後秦皇帝築女懷清臺。劉玄德與曹操爭天下，諸葛孔明起隴中。方二人之昧昧于一隅也，世何足以知之？余區區處敗屋中，方揚眉瞬目，謂有奇景。人知之者，其謂與埳井之蛙何異？」

「老師，歸有光是不是很迷信？」

「老師，他好適合推銷防火建材。」對於一篇人事雜記，孩子們第一眼看見的亮點卻不在描述人事的段落，不是計算起房間到底是幾坪？就是開始討論要有多衰才會被燒四次。正值「見山是山」的青春少年少女，趁著年輕，任感官領著他們探索世界也是一種生機洋溢的體現。

生活裡本來就是一堆微不足道的瑣事，所以書寫這些「小事」也才更貼近生活的原貌，「能以足音辨人」讓我們看見了扃牖苦讀的少年身影，「殆有神護者」則是少年的自信。《周易．坤卦》〈文言〉：「積善之家，必有餘慶。」讀書有成除了焚膏繼晷的努力，天賦也常常是關鍵的一環，聰明是天賦，善良是自己的選擇，相信善有善報怎會是一種迷信？無法擇善固執又何以為人？有些人總認為信仰是理性的對立面，以為科學的理性與神學或文學相牴觸，世界哪有這麼狹隘？有天有地才能孕育萬物，科學的理性帶領我們認識世界的真實，文學的感性豐盈我們內心的柔軟，一剛一柔才能擁有充實且溫暖的人生。

坤為順，君子以厚德載物，項脊軒與軒中的女性溫柔地承接了熙甫的悲喜愛憎，古代的女性是甚少留下自己的名字的，她們隱去了自己，成就了無數個偉大的名字。年少的歸有光對未來雖也躊躇滿志、胸懷鴻鵠，能否雁塔題名光耀門楣尚是未知，但他至少可以確保品德無愧，首孝悌次見聞，於家為孝為悌，有朝一日名滿天下時，才是真正地為家族爭光。

歸有光仿史書論贊體，假託項脊生之口說出自己的青春宣言，他期許自己有朝一日也能「斯是陋室，惟吾德馨」，人們的尋幽訪勝也許是一種流淌於血液中的追尋，哲人已逝，「房間」仍在，所以太史公適魯，觀仲尼廟堂車服禮器，沐浴於詩禮的百世流芳，而我們也能在北投的梅亭、北市的雅舍、士林的素書樓……裡，拉近與大師們的距離。

> 余既為此志，後五年，吾妻來歸，時至軒中，從余問古事，或憑几學書。吾妻歸寧，述諸小妹語曰：「聞姊家有閤子，且何謂閤子也？」其後六年，吾妻死，室壞不修。其後二年，余久臥病無聊，乃使人修葺南閤子，其制稍異於前。然自後余多在外，不常居。

剪裁對話入文可以使人物的形象更鮮明，但說過的話那麼多，選擇哪一句才能突顯個性而不冗贅？母親心繫孩子的溫飽，祖母絮絮叨叨的期待，那鶼鰈情深呢？閨房密語只適合留在帳中，太過露骨難免煽情，生活點滴歷歷於心，每一幕都深刻，每一句都仍在耳，選哪一句都覺得失色。最後他寫下了妻子歸寧時轉述小姨子的童言童語。

這個段落可以和同學們討論的有很多，包括為什麼選了這句對話？甚至為什麼是這個老婆？

我們都喜歡被重視的感覺，尤其對象是自己認為重要的人時，若接收到的回應不對等，負面情緒往往隨之而生。我常跟同學分享一個來自同事的逸事，下課返家時通常夜已深，手機的未接來電讓我直覺有什麼大事發生了，趕緊回撥後，原來是一對教師夫妻檔鬧著要離婚。

「我跟你說，他真的很過分……」憤憤的埋怨裡夾雜著濃濃的鼻音，費了一番工夫捋清事情的來龍去脈，當下卻不免有些哭笑不得，原來是老婆在上週便交代老公出門時記得買牙膏回家，一週過去還是沒有完成任務。故事講到此處，同學們都覺得很扯，為了牙膏鬧離婚？

「你們覺得很扯，但A老師真的是一邊流淚一邊控訴呀！你覺得她在乎的是什麼？」

雖然接電話的當下我也有點無言，但掛上電話後細想其實深情也常羅織在細微處。

「她怕沒有牙膏用？」這個回答有點可愛，是還年輕的答案。

「她幹嘛不自己去買？」這答案感覺是許多男士的心聲。

「如果什麼都要自己來那結婚幹嘛？」女性視角一定要立刻加入戰局。

「其實重點不是在牙膏本身，而是她認為自己的話沒有被『放心上』，而且她還獲得了一整個抽屜櫃的垃圾袋……」我承認，我聽到A老師講到滿櫃子的垃圾袋時忍不住笑出來，學生們也哄堂大笑，覺得其實老公至少有記得要買東西回家，只是買錯了，應該要從輕發落。也許牙膏與垃圾袋只是沉重現實裡的最後一根稻草，對於妻子而言，她想要的是說的話被聽見、被「放心上」的感覺。

魏氏的話真的被歸有光放心上了，這麼無關輕重的一句轉述他都記得，伉儷間的深情自然流露，不煽情、不造作。

自由戀愛的現代，我們其實不容易理解父母之命、媒妁之言的婚姻是什麼樣的，沒有感情基礎而進入婚姻，相敬如賓也許已經是滿好的模式，但想必也造就了許多「無聲的伴侶」。一段無聲的關係想來就覺得可怖（也許是因為我愛講話），無論是親情、友情，溝通都是建立感情的橋梁，無法對話的親人易成陌路，無法對話無以為友，無法對話的夫妻是否如同關禁閉？

〈關雎〉為國風之始，雄鳥一聲「關」應和著雌鳥的一聲「關」，就像夫妻之間若可無話不說，餘生又豈會漫長？在「女子無才便是德」的束縛下，大部分的女子學習洗衣煮飯織布灑掃，認得幾個字與簡單算數也是為了操持家務，嫁入農工之家倒也可在柴米油鹽中度過一生，但如果嫁給一個滿腹詩書的文人，兩個人又該以什麼開啟對話？「妓」字在現代已成為負面詞彙，但古代的青樓可不乏琴棋書畫精通的才女，多少文人流連於嫋嫋楚腰中而忘返？魏氏是個有智慧的女子，利用原本的弱勢，學問學問要學就要問，讓老公成為自己的老師，說話的素材有了，感情也就在几上的一筆一畫裡愈描愈深；張愛玲〈心經〉裡的許小寒：「男人對於女人的憐憫，也許是近於愛。一個女人絕不會愛上一個她認為楚楚可憐的男人。女人對於男人的愛，總得帶點崇拜性。」看似刻板，卻道盡男女情事的幽微。

> 庭有枇杷樹，吾妻死之年所手植也，今已亭亭如蓋矣！

若為舉辦一場「文學十樹」的票選活動，我想魏氏的這棵枇杷樹必然榜上有名，借物抒情可以算是寫作的基本功，透過所寫之物具體化抽象的情思，作者與讀者的若合一契就有了憑藉，初植的枇杷樹到如今的「亭亭如蓋」，已久的時日在枝葉的成長裡留下痕跡，「手植」具體是哪一年也許講不出干支，但他清楚記得那是「吾妻死之年」，妻子已逝，而樹仍在，樹猶如此，人何以堪？

自《世說新語》桓溫北伐時的「木猶如此」開始，成長速度緩慢且靜駐於一地的樹木，成了對比人事變遷以突顯時光流逝的象徵，辛棄疾〈水龍吟．楚天千里清秋〉：「可惜流年，憂愁風雨，樹猶如此。」到白先勇隱谷後院西隅，那道女媧煉石也無法彌補的天裂。十圍的柳樹、植三存二成為園景缺口的義大利柏，在相機尚未問世的古代，描寫植物應該是人們能想到最能暫緩時光步伐的方式。

國文課堂裡「象徵」談得很多，天地萬物或大或小都可能成為作品中的象徵，湯瑪斯．佛斯特在《教你讀懂文學的27堂課》裡直揭象徵的複雜性：「象徵的意義通常含糊不明，讀者的闡釋空間極大，可以從中歸納出各式各樣的意義，絕非單一說法可總結。」不僅讀者各自詮釋，相同的象徵符號在不同作者的筆下也因著重點的不同而產生不同的意義，就像人際互動裡的各種變因，文學的不確定性也更貼近人性的真實樣貌，也因此閱讀的體驗是開放且寶貴的，對於無暇行萬里路的人而言，透過文字閱讀作者筆下的風景，透過劃記珍藏那些被感動的片刻。

> 時鐘作為一個象徵物，其實是一種憂煩、一種恐懼，他提醒了世界的種種之存在、存在、存在的不斷變化、存在的必將消失。看著林予晞拍攝的好幾件時鐘作品，我突然覺得非常的感傷，而且荒涼，所有的美麗和美好，都在彈指之間顯得這麼脆弱，好像只有透過藝術創作——譬如攝影，可以凝凍時間的波光。——許悔之（林予晞《時差意識》序文）

記得看完這段文字時，我特別去翻出手錶。如今手機身兼許多功能，而為了不妨礙板書的書寫，手錶已成為出席特定場合的配件，平時暫時沉睡於抽屜一隅，這一睡，模糊了我對鐘錶的印象，但憑藉著朦朧的印象，還是與此段文字產生極大的共鳴，時鐘具體化了時間的步伐，拍攝時鐘的樣子，彷彿便能凍結時光的腳步，觀賞化石的震撼，大概也是這種試圖抗衡逝者如斯的感動。

許悔之的《就在此時，花睡了》是近代極佳的一部人事雜記，誠如蔡詩萍於書中序所言，是現代版《世說新語》。《世說新語》首以人物為主體，開啟漢魏六朝邁入小說雛形期，其後小說蓬勃發展。人物作為小說的靈魂，人物書寫幾乎都以「說部」為舞台，偶然現蹤於散文中也是流星一般；劉義慶編世說留下東晉名士們的逸事、許悔之以文字為許多當代名士寫影。

我心中理想的房間是牙籤萬軸，房間裝載著書本，書本承載了七情六欲，文字的點捺之間無限寬闊，容納歸有光的深情，也容納我無涯的孤獨。

忠若無心，情不成情——曌見〈出師表〉

〈出師表〉其實是一篇很有趣的文章，這裡的有趣並不是指文章本身，而是背後交織的人情與身分的轉換。溝通是一種藝術，不同的對象與彼此的身分差異，都將影響對話策略。上書類文章因為進言對象是君王，措辭與態度都要特別注意，畢竟伴君如伴虎，一失言便可能殞命，所以在李斯〈諫逐客書〉裡，即便是保命（官）之戰了，直陳逐客之非時也是以「吏」議逐客表示：千錯萬錯都是旁邊這些官員的錯，其後正文也是投秦王所好，說之以理。

諸葛亮和劉禪的關係就不是這樣了，他們雖是君臣，但諸葛亮可是跟著劉備一起打天下的兩朝老臣，可以說是看著劉禪長大的叔伯輩，這也是為何在〈出師表〉裡會有「三宜三不宜」這種長輩式的碎碎念，但身為一個「明儒陰法」的典型良相，在文末仍回到了臣下的語氣。輔以李密〈陳情表〉的對讀會更明白其差異，上書對象是晉武帝，純具君臣之分還能動之以情，這是「不墮淚者不孝」的共情。

〈出師表〉、〈陳情表〉、〈祭十二郎文〉常被並列為三大抒情文。說到底，寫的都是一個「情」字。但情是什麼？《說文解字》說：「情，人之陰氣有欲者。」《禮記．禮運》：「喜、怒、哀、懼、愛、惡、欲。」這些情緒，不學就會，是天性，也是人性。

人之所以為人，正在於情不只是感覺，它會沉澱、會生根，終而成信念。正如《牡丹亭》所言：「情不知所起，一往而深。」常被視為愛情的絕唱，我卻以為，它也可以是義無反顧的執著。有些情，不因值得才堅持，而是因放不下。白帝城託孤，劉備臨終之囑舉重若輕，對這全然的信任，諸葛亮回以二十一年如一日的忠誠，以身入局、心繫天下。他所懷的情，不是溫婉纏綿，而是歷經風霜、磨礪成鋼的堅定，使他甘願孤軍深入、不問生死。

臣亮言：先帝創業未半，而中道崩殂。今天下三分，益州疲弊，此誠危急存亡之秋也。然侍衛之臣，不懈於內；忠志之士，忘身於外者，蓋追先帝之殊遇，欲報之於陛下也。誠宜開張聖聽，以光先帝遺德，恢弘志士之氣，不宜妄自菲薄，引喻失義，以塞忠諫之路也。

諸葛亮身為名相是根基於「態度」而非「成就」，相較於運籌帷幄興大漢的張良、被朱元璋稱「吾之子房」的大明國師劉伯溫，「出師未捷身先死」的諸葛亮雖鎩羽於戰場，在不以成敗論英雄的文學裡卻光芒萬丈，我想那是因為其誠與忠感動了許多文人，所以才有三國演義裡神鬼莫測的孔明「智絕」。比起重實的正史，小說擁有虛構的空間，得以容納作者的好惡與廣大讀者的憧憬。

軍師有許多類型，或奇謀或戒慎、或守成或開創，真實裡的諸葛亮無疑是擅長規劃的類型，從〈隆中對〉到〈出師表〉，其高瞻遠矚及掌握局勢優劣的能力毋庸置疑，〈隆中對〉裡分析環境以及對手，採「避實（曹操、孫權）擊虛（劉表、劉璋）」之策；〈出師表〉裡亦根據自身優勢與劣勢提出說明，知己知彼便可百戰不殆，點明優劣並進一步提出執行計畫與分工細項，不可多得的CEO風範已自字裡行間溢出。

「兩表酬三顧，一對足千秋」，劉備在徐庶的推薦下三顧茅廬，成就了一段君臣遇合「如魚得水」的千古佳話。群雄割據逐鹿中原時，人才是最重要的資產，諸葛亮的〈隆中對〉謀慮淵深、料遠若近，指出蜀漢鼎足天下的可能與策略。當時的劉備雖然擁有關羽、張飛、趙雲等猛將，但欲與曹操、孫權、劉表等人抗衡，謀臣不可或缺，諸葛亮的加入無疑是如虎添翼，蜀漢也才有躋身三國舞台的可能。君臣之間最好的關係便是魚幫水、水幫魚，諸葛亮助劉備建功立業，而劉備也提供諸葛亮施展長才的舞台，南陽臥龍崗的一場晤談，就這樣驚動三國的波濤，並泛起數千年的漣漪至今。

前〈出師表〉提及「先帝」十三次，除了表達感念知遇之恩的不忘本，也是展示自己「欲報之於陛下（劉禪）」的忠誠。劉備臨終前於白帝城託孤云：「君才十倍曹丕，必能安國，終定大事。若嗣子可輔，輔之；如其不才，君可自取。」諸葛亮答曰：「臣敢不竭股肱之力，效忠貞之節，繼之以死。」正是因為諸葛亮最終沒有「自取」，成為竭忠盡義、高風亮節的良相代表，對內「撫百姓，示儀軌，約官職，從權利，開誠心，布公道……」，對外半生戎馬六出祁山，鞠躬盡瘁，死而後已。

	宜（內文）	不宜（內文）	勸諫三大方向
一	誠宜開張聖聽。	不宜妄自菲薄，引喻失義，以塞忠諫之路。	廣開言路。
二	若有作姦犯科，及為忠善者，宜付有司。	陟罰臧否，不宜異同。 不宜偏私，使內外異法。	賞罰分明。
三	陛下亦宜自課，以諮諏善道，察納雅言。	×	親賢遠佞。

這裡的三宜三不宜就像日常師長的諄諄教誨，嘮嘮叨叨，卻句句關心。它不只是一位臣子的進諫，更像一位看著孩子長大的師父、父輩，用經驗告誡年紀尚輕的劉禪：當你

握有權力，最該小心的，是對自己的懷疑與對他人的誤信。這種語氣，同學們應該不陌生。從日常規矩到課業成績，師長們總忍不住反覆叮嚀，不是不信任，而是怕孩子們還沒看清世界的險峻，急於奔向自由而誤入歧途。

研究用試卷裡的「籠中鳥」：甲文為「籠中鳥與林中鳥」的寓言，乙文則是「致母親」，兩段文字都提到「飛翔」，但真正動人的，是那想飛卻飛不遠、想說卻說不清的心。說話這門藝術是需要窮極一生的追尋，我們常常將壞脾氣留給自己最親的人，恨鐵不成鋼時語氣難免重了些，與同學們討論此文時，「就讀的大學離家愈遠愈好」，選擇這選項的孩子往往一邊控訴著父母的種種「惡形」，其實大部分都明顯是愛之深責之切，也許是不易跨過的親子鴻溝，或許是不懂溝通的藝術，孩子們分享的話語雖非惡意，卻像牽繩般桎梏了一顆顆年輕的心，也緘默了夢想。

〈出師表〉裡看似繁瑣的勸告，不也是對未來的不安？諸葛亮的絮絮叨叨，是因為他知道，有些錯代價太大，不該以血淚學習，無論是劉禪個人的，或是王朝的。而師長們的諄諄教誨，是因為我們都曾是那隻籠中的鳥——亟欲振翅，以為身處牢籠，直到奔向心心念念的「自由」，才發現飛入了現實的樊籠。一一四學年度會考作文試題其實也可從此視角切入，題目屬開放試題，圖示了兩隻小老鼠，並附上六個詞彙，此類「看圖說故事」的關鍵在於「觀察力」與「文字描摹能力」，而將二者連結起來需要「聯想力」，這考驗的不僅是反應能力，若是平日的閱讀以及思辨訓練有素，便可快速地找到更令人耳目一新的切入點。

我們希望孩子飛翔，卻也怕他們墜落，彼此的衝突其實也是根源於愛；自由的代價是冒「險」，耽溺也未必是牢籠專屬，籠外的五光十色使人盲目，誘使我們誤以為自己有選擇。身兼師職與母職的我，望著自己的傷疤難免「夙夜憂嘆」，那也只是希望在起風前，替孩子們看清風的方向。

> 宮中府中，俱為一體，陟罰臧否，不宜異同。若有作姦犯科，及為忠善者，宜付有司，論其刑賞，以昭陛下平明之理，不宜偏私，使內外異法也。

一般人容易將儒家仁愛與法家的峻法視為對立面，其實儒家禮教的約束力太薄弱，

「仁愛」治國可以是大方向，但實際維繫體制運行還是需靠法令的規範，尤其正史裡的孔明其實法家的色彩是更濃重的，這部分在《三國演義》VS《三國志》：兩個孔明的文化玄機〉裡描述得頗清晰，王溢嘉老師說歷史的孔明基本上是法家的信仰者與實踐者，更是「法統」的迷戀者，除了孔明個人的價值觀外，我想治亂世用重典也是原因之一，無為而治只適合穩定的政局。

「執法公平」簡單四字，卻從正面（宜付有司）與反面（不宜偏私）反覆述說，世間許多道理本就是知易行難，就像新課綱強調素養與思辨能力，許多有熱忱的老師不斷地翻新教材與教法，但台下的學生是否買單就很看運氣了。言者諄諄聽者藐藐，課綱調整了，但有些同學的學習方式沒有跟上，或者是一路迷惘到高中，幸運的是我的學生們不乏樂於動腦與討論的：

「我們常講天下太平、太平盛世，除了河清海晏、堯天舜日外，你們有想過為何是『太平』一詞成為治世的代稱嗎？」這個問題在好幾個班級都只換來同學們的大眼睛，唯有臺南班一位孩子立刻回以：「因為不平均就會吵起來。」

以家庭為例大部分的同學便豁然開朗，紛紛抱怨起父母的「偏心」，除非是獨生子女或是既得利益者（被偏寵的那位），大部分的同學都憤憤細數父母的「不公平」，家庭的分配要做到皆大歡喜都不甚容易，這也是為何「外王」之道始於「齊家」。

「不患寡而患不均」，晏子以二桃便可殺三士，便是掌握了人性裡對於不公的排斥，使齊國三位猛將紛紛挈領而死。地方首長乃至一國元首，對於資源的分配勢必是需要費心的，公平的確不容易，按縣市均攤或是按人口數分攤就是一個難題，二〇二四年底爭議至今的新版《財劃法》也是根源於此，一碗水要端平需戒慎恐懼，更何況是一國資源的分配？即使難如登天，國家領袖必然要有務使天下「太平」的使命感，司法公正、財政資源分配公平，民心便不至於背離。

近幾年的亂象頻仍，使得司法改革的呼聲頗高，一一〇學年度全模試題「國民法官之我見」，便是讓高中生思考司法制度改革。國民法官法已於二〇二三年正式上路，知性試題取材自生活，除了新制上路前的集思，制度推行後實況的反省與檢討也極可能入題。國民法官旨在將不同背景民眾的價值觀、生活經驗、法律感情等融入審判，並使審判過程更透明，以符合社會期待，對於民眾具備的「司法專業度」不足之爭議，若由〈出師表〉裡的「宜付有司」探討古今「司法」概念的改變，也會是寫作時一個不錯的切入點。

侍中、侍郎郭攸之、費禕、董允等，此皆良實，志慮忠純，是以先帝簡拔以遺陛下。愚以為宮中之事，事無大小，悉以咨之，然後施行，必能裨補闕漏，有所廣益。將軍向寵，性行淑均，曉暢軍事，試用於昔日，先帝稱之曰「能」，是以眾議舉寵為督。愚以為營中之事，悉以咨之，必能使行陣和睦，優劣得所。親賢臣，遠小人，此先漢所以興隆也；親小人，遠賢臣，此後漢所以傾頹也。先帝在時，每與臣論此事，未嘗不嘆息痛恨於桓、靈也。侍中、尚書、長史、參軍，此悉貞亮死節之臣也，願陛下親之信之，則漢室之隆，可計日而待也。

相較於前文，諸葛亮以扎實的篇幅直揭「親賢臣，遠小人」的重要性，以兩漢興衰為龜鑑，推薦「志忠慮純」的文臣與「性淑行均」的武將，希望劉禪「親之信之」以興復漢室。「天時地利人和，三者不得，雖勝有殃」。與曹魏與孫吳這般強敵為鄰，益州疲敝更使蜀漢危機重重，審時度勢之下，人才是蜀漢最應掌握也最可能殺出重圍的憑藉。看著諸葛亮懇切的情辭與深刻警喻，我總不免想起上世紀八〇年代全球矚目的亞洲四小龍，除了政策與技術，人才的招攬與培養往往攸關整體經濟與產業的發展。

一九六五年八月九日新加坡成為獨立國家。不同於爭取自由的嚮往，新加坡的獨立是情勢所逼。一個沒有自然資源、沒有農業及工業、經濟難以自立、多種族的社會，尤難以凝聚國家意識，何況強敵環伺甚至沒有軍隊的蕞爾小國，終在李光耀、吳慶瑞等能人領導下，將荒土拓展成與列強齊驅的獅城，躋身世界重要金融、航運與商業中心之一。而這一切與其決議全力發展僅有的資源——人才密不可分，國逢英主便有了絕處逢生的可能，再加上能臣輔佐更能勢如破竹，新加坡今日的榮景便是最好的證明。然而水能載舟亦能覆舟，一旦所託非人使瓦釜雷鳴，頹勢一起便無力回天，諸葛亮之所以耳提面命，正是為避免重蹈桓帝、靈帝的覆轍。

但事與願違彷彿才是命運的常態，人的獨立思考是極珍貴的能力，但也因此使得溝通甚至於遊說不會是易事。提到劉禪，同學們總是直接聯想到「扶不起的阿斗」，究竟是

「扶不起」還是「守愚」的智慧至今爭論未休；劉禪是三國時期在位最長的君主，所以有人認為阿斗並不像我們想的那般昏懦無能，而諸葛亮的鞠躬盡瘁也被認為凡事親力親為影響效率，導致人才培養與傳承中斷。無論真相為何，宴席上的「樂不思蜀」其實是標準答案，文天祥「人生自古誰無死，留取丹心照汗青」的捨身取義的確令人敬佩，卻未必值得仿效。

「真正扶不起的阿斗」我倒是遇過幾個，資質駑鈍不可怕，可怕的是不思進取又抗拒旁人意見，事業上遇見頻率不合、難以共事之人，道不同便相忘江湖也罷，唯婚姻裡若碰上一個阿斗，其愚蠢與自私將伴侶拖入深淵，那消磨生命的痛苦真是蝕骨銷髓，「親賢遠佞」不僅是治國良策，也值得成為每個人的座右銘。這些年來，事業發展還算順遂，唯感情部分呈反比，國師曾言：情路愈坎坷，事業便愈發達，當時的我僅一笑置之，知情友人屢屢調侃：以感情當柴火，燃起事業長明燈。

全臺奔波的事業已填滿日程，力求扮演好「老師」與「母親」的角色，代價是睡眠時間甚少超過四小時，偶然一個失神的瞬間，仍難免嘆息痛恨自己重蹈覆轍的愚昧。

臣本布衣，躬耕於南陽，苟全性命於亂世，不求聞達於諸侯。先帝不以臣卑鄙，猥自枉屈，三顧臣於草廬之中，諮臣以當世之事，由是感激，遂許先帝以驅馳。後值傾覆，受任於敗軍之際，奉命於危難之間，爾來二十有一年矣！先帝知臣謹慎，故臨崩寄臣以大事也。受命以來，夙夜憂嘆，恐託付不效，以傷先帝之明。故五月渡瀘，深入不毛。今南方已定，兵甲已足，當獎率三軍，北定中原，庶竭駑鈍，攘除姦凶，興復漢室，還於舊都。此臣所以報先帝而忠陛下之職分也。至於斟酌損益，進盡忠言，則攸之、禕、允之任也。願陛下託臣以討賊興復之效，不效，則治臣之罪，以告先帝之靈。若無興德之言，則責攸之、禕、允等之慢，以彰其咎。陛下亦宜自課，以諮諏善道，察納雅言，深追先帝遺詔，臣不勝受恩感激。今當遠離，臨表涕泣，不知所云。

行文至此，作者自己的成分終於多了一些，由自己的生平談起，回顧二十一年來戎馬關山的歲月，學生時代讀到〈出師表〉的印象已趨近於無，唯一可以確定的是當時並未墮淚，而今執筆重析〈出師表〉，距自己初讀此文竟恰好二十一年，在這個已不易流淚的年齡，心頭湧動的情緒即使掩卷亦難平。

什麼樣的情誼支撐著諸葛亮無怨無悔奉獻一生？二十六歲自臥龍崗躍起的新星，一生披星戴月，將自己的光芒照耀著蜀漢二主的功業，他與劉備、劉禪非血緣之親，付出的心力與光陰卻堪比血親，甚至有過之而無不及。其實人與人之間的情感不是由DNA維繫，而是日常的涓滴，網路語錄云：「人與人之間的相處始於顏值，敬於才華，終於人品。」我想這裡的顏值並不一定是長相的美醜，而是氣質是否相投，良好的第一印象拉開序幕，若無才華支撐終將只是萍水相逢。然而能扶持半生甚至終老的，往往建立於品德，情分難敵名利的誘惑，在講求效率的現代社會更是如此，逐利而易主未必無德，但諸葛亮一生盡「忠」，即便出師未捷身先死，仍使後世無數英雄、文豪淚滿襟。

但我總覺得「忠」僅適合對國家、對組織，人與人之間若以「忠」為標準，似乎又成了一種桎梏。天長地久的感情太難得，親情尚有親疏之分，情感淡了或變質時，「相濡以沫」是忠於關係，「不如相忘於江湖」則是忠於自己。變了調的感情就像過了保存期限的食品，有些人認為只是味道差了點，基於「不要浪費」的心態吃下肚，但懷疑的種子一旦種下，難免過上一陣草木皆兵的日子，彼此折磨，這種生活我是不願意過的。無論親情、友情或愛情，情分是唯一衡量的單位，參雜了其他，終淪為一場算計。但婚姻的本質就不純粹是感情，它比較類似事業，以契約（結婚書約）為前提，開始成員的分工，若逢三觀一致的伴侶，公司（家庭）前景必然指日可待，若有一方懈怠步伐不一，或是彼此歧異日增，其傾覆也是想當然爾。

《紅樓夢》也展示了這樣的悖論，作為一部能於全球掀起「紅學旋風」的鉅著，《紅樓夢》裡可談的太多，學生時代的我應是受劇中人物的情與愛吸引，隨著年歲漸增，才在現實的碰撞裡品出作者的辛酸淚。「一千名讀者便有一千個哈姆雷特」，寶釵與黛玉誰才是真愛？情與性究竟是密不可分或是壁壘分明？許多名家研究頗多，在此不多談，每年的課堂必有一堂《紅樓夢》，每年想討論議題卻都不同，也許在談文本與文學時，談論的都是一部分的自己。喜讀雜書、厭棄功名的寶玉最終仍參加了科舉，這是向家庭責任妥協，愛家忠國是男子應有的責任，即便試圖衝撞體制，最終仍踏入試場高中第七名舉人，以世人欣羨的金榜題名還了家庭債。「賈寶玉」肉身與人情債畢，才能復返那顆無力補蒼天的剩石，忠於自己逐步向「落了片白茫茫大地真乾淨」的結局。

人生如戲，然而戲劇落幕得快，劇中的喜怒哀樂即便揪心也僅是一時半刻，現實裡的情關纏縛卻不那麼容易脫身，忠於自我回歸單身，世俗卻總投以單親會造成兒女缺憾的眼光，滿布眼淚的關係怎麼會健康？我不願孩子於鹽漬的家庭裡長大，劉禪能力不足尚有攸之、禕、允等良實可倚，最終也僅能延緩了亡國的時程；多少怨偶困於死水，孤臣無力可回天？最終只能於槁木死灰與斷尾求生抉擇。男兒有淚不輕彈，但文學作品裡男兒淚可不少：「初聞涕淚滿衣裳」為國喜極而泣，「江州司馬青衫濕」的憐人與自憐，「獨愴然而涕下」生不逢時的孤寂，而女性之淚呢？是隱藏在閨房裡於無人看見的一隅悄然流淌，還是在接踵而至的現實挑戰裡蒸發了？我想，生存是一場戰役，沒有流淚的餘裕，回顧自己前半生，荒謬無所託，臨表泣涕，不知所云。

禮義為綱，濾出河清海晏——學見〈大同與小康〉

與青春期的孩子談政治是辛苦的，像要使初春的花兒提前審視秋來的肅殺，然而士以天下為己任，利用求學階段架構學子們的價值觀與世界觀，正是作育菁莪的宗旨所在。

> 好人不肯為統治而公開要錢，落下傭傭的名聲。也不肯私下從公款裡揩油，落下盜賊的名聲。他們既無野心、也就不要求榮譽。在這種情形下，要讓他們服務，非使他們感到有此需要不可、非怕受罰不可。……懲罰中最可怕的部分在於，拒絕參與統治的人，會被更糟糕的人統治。我認為，這種恐懼誘使好人擔任公職：這不是說他們願意，而是非出來不可。——柏拉圖《理想國》

柏拉圖的這段話往往以「部分」擷取出現於網路——「拒絕參與政治的懲罰之一，就是被糟糕的人統治」。比起催票，催出人才應該是更重要的事。

其實我一直是個對政治無感的人，上一次正視「政治」二字是求學時代，為求公民科獲得理想成績，即使報章雜誌裡，政治相關議題總是最豐富的題材來源；街景裡的選舉看板配合大選潮起潮落，青赤白黑黃之下是「權」、「利」與企盼的拉扯，選舉的熱浪與引力無關，那是多方勢力的角力。

大部分的孩子也是如此，政壇人物在他們的心目中比較接近諧星的作用，話題度高的事件他們也會談論，但真正要深究政治的本質、縱橫其中的是非，需要老師適切的引導。

「政者，正也。子帥以正，孰敢不正？」《論語》裡的這段話雖然簡短，卻是極好的領導者指標，不僅政治人物須以此自勉，各行業的主管階級、引導孩子們的老師，甚至是家庭裡的「長輩」，身教的潛移默化之力必然是重於言教的。有幸透過教育翻轉階級，生命中的幾位恩師至今仍歷歷於心，走在教育這條路上，我也不斷提醒著自己：希望學生們多年以後想起自己在講台上是什麼樣子，現在就要努力成為那個樣子。

文學是人性與思想的化石，除了作者各自的風格不同，朝代不同的文本更是有時代的鑿痕。先秦文本對於許多同學來說特別難懂，卻是我很喜歡的一個時代——非戰國無以成百家，非百家難以成戰國；亂世，正是百家爭鳴的沃土，諸子百家除了是思想家，往往亦身兼政治家，正是因為天下無道，才會湧現集思廣益的各路好手，所謂派系，其實只是心中的解決方案不同罷了。

為了讓同學不再視先秦文本為畏途，我總會丟出一個能捲起千堆雪的問題：

「你們認為現在是太平盛世還是亂世？」

當同學們各自丟出自己內心的答案後，我們便開始整理答案背後的現象。前幾年還有孩子會回答太平盛世，這幾年都是亂世獲得壓倒性的勝利。盛世與亂世看似沒有衡量的標準，實則答案自在人心，即便是尚未踏入染缸的孩子們，都能望著父母臂彎外的紛擾略感一二。

「禮崩樂壞」是亂世的指標之一，比起生硬的字句解釋，我更傾向於透過討論加入生活場景，讓字裡行間的先賢智慧更立體。

「亂世的定義如果是社會失序，你認為出現什麼樣的狀況算亂世？」

「到處都在殺人放火。」

「孩子，那是世界末日。」孩子們除了哄堂大笑，部分的眼神已透露出他們理解了「禮」與「法」之分。

「生活中有沒有什麼現象是『失禮』而不到『犯法』的地步的？」

「結帳被插隊。」

「沒錯！」真是個又實用又適合討論的現象。「那你遇到別人插隊你都怎麼處理？」

「巴蕊[5]。」

「呃……這樣他沒犯法但你犯法耶……」班上頓時又掀起各式私刑交流。

禮者儒之法，它不到刑罰的等級，仰賴群眾力量產生制約的效果，所以其侷限性也在此。無禮之人即便不到犯法的地步，卻往往干擾他人，造成他人不便；有禮貌的人受歡

編按：5 巴蕊——臺語動詞。pa-lueh 諧音。猛擊之意。

迎，正是因為守禮是遵守人與人互動最適切的方式與距離。

博愛座議題曾於國高中作文試題裡現蹤，一〇六學年度高中學測模擬考：「我對博愛座的看法」，以及國中會考樣卷：「我較為認同〇國（美國＆韓國）的讓座文化」，除了反映新課綱的素養精神，也是極適合探討「禮」字的生活現象。

> 昔者，仲尼與於蜡賓，事畢，出遊於觀之上，喟然而嘆。仲尼之嘆，蓋嘆魯也。言偃在側，曰：「君子何嘆？」

蜡賓，歲末大祭，對於強調「禮樂教化」的儒家而言，可謂是年度盛事了，「履霜，堅冰至」，在洞若觀火的先賢眼裡，常規儀式的舉行都可窺見國家興衰的端倪。

「繁文縟節」被視為儒家的短處，司馬談〈論六家要旨〉：「儒者博而寡要，勞而少功，是以其事難盡從。」儒家的禮節繁複，也許可以理解為直男的浪漫，禮是儀式，但重要的不在肉眼可見的程序，而是背後的儀式感。

剛毅木訥是孔子認為「近仁」的形象，所以每當同學抱怨著因為孔子多嘴害得他們有背不完的《論語》時，我總要為其鳴不平：

「那是你們還沒開始背《孟子》啊，等你們學到生於憂患死於安樂，就會知道什麼是真正的『搞威[6]』了。」

相較於「予豈好辯哉」的孟子，孔子的語言模式的確是言簡意賅的，然而言詞簡約的孔子，對於許多細節卻是極為重視的，所以子貢欲去告朔之餼羊時，「爾愛其羊，我愛其禮」是君子責人輕以約的宣誓。

「羊」「禮」之爭其實是一種感性與理性的抉擇，生活裡到底需不需要儀式感？一一二年學測國寫知性題——福爾摩斯與華生的生活態度、一一二學年度模考題「生活中的儀式感」，便是取材自這樣一個千古之爭。

「你每天最好相同時間來。」狐狸說。

編按：6 搞威——厚話，臺語形容詞。kāu-uē 諧音。話多之意。

「為什麼？」小王子問。

「如果你隨便什麼時候來，我就不知道在什麼時候該準備好我的心情。比如，你下午四點來，那麼從三點起，我就開始感到幸福。時間愈臨近，我就愈感到幸福，我就發現了幸福的價值……所以應當有一定儀式。」狐狸回答。

「儀式是什麼？」小王子問。

「這也是經常被遺忘的事情。它就是使某一天與其他日子不同，使某一時刻與其它時刻不同。」狐狸說。

談《論語》時同學們常常是呈現「眼神死」的狀態，身為一個專業高級書僮便得努力替學生們填平與古聖先賢的鴻溝，除了先引《小王子》經典段落爲導引，生活情境題也得加入戰場：

「你認同孔子還是子貢？」台下一片正常發揮的緘默。

「好吧，那換個問法，你們覺得結婚需不需要舉行典禮？」

「不要，太浪費錢。」好個勤儉持家的女孩。

「那戒指呢？你覺得戒指可以省嗎？」

「呃……不行。」然而此時有幾個女同學認為她們連戒指都可以不要的。（當然大部分的男同學都是投給不要典禮不要戒指。）

「鑽戒那麼貴，又不能保證他愛我……」

「鑽戒的確不能保證老公會一直愛你，但可以保證在離婚後能賣錢啊孩子。」女同學們一陣豁然開朗。

「老師，那我不要鑽戒我要黃金！」真是孺子可教，雖然男同學們開始笑得尷尬。

「各位男士們，好好讀書為自己贏得五子登科的門票吧！辛苦啦——」

孔子曰：「大道之行也，與三代之英，丘未之逮也，而有志焉。大道之行也，天下為公，選賢與能，講信修睦。故人不獨親其親，不獨子其子，使老有所終，壯有所用，幼有所長，矜、寡、孤、獨、廢、疾者皆有所養，男有分，女有歸。貨惡其棄於地也，不必藏於己；力惡其不出於身也，不必為己。是故謀閉而不興，盜竊亂賊而不作，故外戶而不閉。是謂『大同』。」

無私，是大同世界的核心。天下為公，僅存在於傳說時代的三皇五帝時期，如何定義「公天下」？我想禪讓是一個極關鍵的指標；辭讓代表的可以是無私，也可以是一種權衡，什麼時候會願意將天下拱手讓人？當它是一件苦差事的時候。

許由洗耳之舉向來有多方論述，有人認為是沽名釣譽，有人認為是清高之舉，詩佛王維視之為「病物」，眾說紛紜、各有其說，唯一能確定的是：接任天下共主非他心中最優選。選擇的本質便是洞悉利弊，判斷機會成本，君臨天下能獲得什麼？又需要付出什麼？如果不為利也不為名，憑藉熱忱又能經世濟民多久？

「大同」即便是個難以企及的目標，仍應是全人類努力的目標。

在上位者究竟職責何在？對內選賢與能，對外講信修睦，八個字概括可謂言簡意賅。

記得小女在寫社會學習單時問了我一個問題：

「媽媽，總統是做什麼的？」當下愣了一下，懺悔著內心浮現的答案是「揮手」。

其實元首的人事任命權是能左右國家興衰的關鍵，領袖不一定需要十項全能，只要能「知人善任」，國家亦能歌舞昇平，《禮記》有云：「鼓無當於五聲，五聲弗得不和。」一個理想的領袖至少要如鼓一般的存在——識才並將其置於合宜的職位，使朝野和諧、政務流暢、社會繁榮。

人們總說賢能賢能，賢人與能人的標準其實不同，賢人以「品德」為衡量的標準，能人則是講求「才幹」，自古至今，再強盛的治世，朝中亦非全無小人。

每當提到乾隆時的和珅，同學們第一個反應便是：「大貪官！」

於是我便會請他們思考，難道乾隆不知道和珅會貪汙？如果明知道會貪，又何以留他？

君王離他們太遙遠，我喜歡以「老闆」的角度來討論領導君王治術：

「員工Ａ一年可以為公司帶來一億的利潤，但有中飽私囊的缺點，汙個十分之一；員工Ｂ勤勤懇懇，每年的產值約一〇〇萬，但薪水也是一〇〇萬。你是老闆，怎麼選？」

這樣的舉例當然是使用了誇飾法，並不是鼓勵中飽私囊，但是還是希望讓同學們提前認知：世間不是所有人都能「才德兼備」，道德操守固然重要，但要使公司正常營運還得仰賴真才實學，在這個連ＡＩ都加入戰局的科技時代，人們得培養自己無可取代的能力。

政治太難，那麼談談我們身處的社會吧！二〇二〇年起臺灣進入「生不如死」，人口已連續多年負成長，雖然高齡化社會以及少子化議題是許多先進國家的共同難關，相關議題除了常常出現在作文試題促使學子們思考外，其實更適合丟出來供社會大眾集思廣益。

當我們在羨慕著北歐國家的社會福利時，可以重新審視一下「老吾老以及人之老，幼吾幼以及人之幼」的社會需要哪些實務條件支撐。

電影《寄生上流》有一段對話是連接詞教學的極佳範例：「不是『雖然有錢，卻很善良』，而是『因為有錢，所以善良』。」

善良究竟是一種天性，還是需滿足一定條件才能顯現的特質？

就現實層面考量，動物的求生本能使得我們「人不為己天誅地滅」，即便有少數人能有割肉餵鷹的精神，事涉生死，又有幾人能慷慨成仁？

一〇六學年度國寫試辦試題正是類似的議題探討，試題中列舉的四個事例（馮諼焚券市義、朱家季布之交、鐵達尼號士紳禮讓婦孺、鞋商賣一捐一），善舉的背後是基於仁義或是貪圖名利？除了評量同學能否正確解讀文字，更需要探討現象背後的深層緣由，培養不為表象所囿進而洞察人情事理的能力。

孔子的心願：「老者安之，朋友信之，少者懷之。」在大同世界裡，每一個人都有合宜的位置，無私精神體現於群體利益時，貨（有形資源）力（無形能力）不閒置，不僅能物盡其用人盡其才，最重要的是當「奇貨可居」的情況消失，貧富差距自然也將縮小。

課堂上談及此段必然會與同學們討論「ＵＢＩ」（全民基本收入或服務）相關議題——ＡＩ時代來臨，大量的工作消失，比勞資對立更大的混亂是不斷增加的「無用階級」，過去幾十年捍衛「血汗」勞工，不得不面對「廉價勞力」已不再具備優勢的無人化時代。科技的進步，究竟能幫助我們實現世界大同？還是使得我們離世界大同更遙遠？

世界各國的「ＵＢＩ」實驗尚未能得出一個明確的結論，但我仍試著拋出議題供同學們腦力激盪，假設簡單的區分成30％的主力納稅者族群，以及70％的領取全民基本收入補助者，讓同學們試著選邊，絕大部分都選擇成為30％的納稅者：

「是什麼使你選擇成為需要繳稅的30％？」

「感覺比較有地位……」為名。

「繳完剩下的錢還能買想要的東西。」為利。

「當領錢的70%很不保險欸，說不定有一天突然領不到了……」好有風險控管概念。

高中階段的孩子對未來看似懵懂，其內心的價值觀如枝頭青梅，只要師長們適時引導思考，便能催熟成纍纍黃梅。

在一個「無私」的社會裡，「巧詐」與「計謀」無用武之地；詐騙集團的受害者不是「笨」，而是栽在「貪」字，無私的世界泯除優劣，自然無物可「貪」。然而透過同學們的回答也感受得到，「無私」若是建立在道德至高點上，要求人人捨己利他是行不通的，「互利雙贏」則可能是一個較永續的發展方向。

今大道既隱，天下為家，各親其親，各子其子，貨力為己。大人世及以為禮，城郭溝池以為固，禮義以為紀——以正君臣，以篤父子，以睦兄弟，以和夫婦，以設制度，以立田里，以賢勇知，以功為己。故謀用是作，而兵由此起。禹、湯、文、武、成王、周公，由此其選也。此六君子者，未有不謹於禮者也，以著其義，以考其信，著有過，刑仁講讓，示民有常。如有不由此者，在埶者去，眾以為殃。

是謂「小康」。

自啟接任了禹的帝位，開啟了家天下的傳承模式，這樣的局面非大禹本意，其實一開始的影響倒也不大，畢竟只要在位者才德兼備，血緣本就是其次，然而當血緣凌駕於能力（或者說是用心程度），問題自然也隨之浮現。

潘朵拉的盒子一旦開啟便難以回復原樣，能號令天下的權勢在握，又有幾人能甘願拱手讓人？

當捨己利他已不可行，使社會正常運作的「規矩」便得應運而生，先秦的百家爭鳴正是各自追尋著他們心目中理想的「規矩」，孔子（或後世儒者假託，畢竟《論語》裡省話一哥的形象與《禮記》中的長篇大論不甚相符）於此提出的「禮義」，也許是相信人性良善面的底線。

人人守禮的世界對於現在的我們而言，已經是烏托邦一樣的存在。親疏分別出現，「愛有等差」地建立秩序，比起「無條件為你」的可行性要再更高一些，親疏之別後接著便是敵我之分，城郭溝池的出現也是「大同」已逝的具體體現。

吳明益在《天橋上的魔術師》裡有一段對於「鎖」的討論：

> 鎖跟鑰匙的發明並非同步。因為鎖一開始是從「裡面」的防禦，後來才成為「外面」的關閉與開啟。

這裡的「裡面外面」除了空間上的場域，更是一種心理上的精神延展。鎖究竟是防範他人，還是自己的桎梏？再固若金湯的金庫也擋不住有心的宵小，甚至金庫的本身就是一種犯罪者的絕佳標的。

講到此處同學若一時會意不過來的，我便會描述一下寒舍——成日南北奔波的我不善也無心於家務，家裡一向是勉持著「有路可通行」狀態，貴重物品少許，卻未曾想過設置保險箱，任其泯跡於雜物堆中。我總跟同學開玩笑說：「小偷進來我家一定先傻眼，想說剛剛進來的同行下手怎麼這麼重？」

《道德經》：「難得之貨，令人行妨。」貴賤本非絕對客觀標準，而是隨著「鎖」出現的相對主觀。老子所謂「見素抱樸，少私寡欲」試圖從根本性解決一切爭執的根源，所有的爭奪均有所圖，世間若無貴賤之分，紛亂便可消弭大半。

欲望是個既迷人又危險的詞彙，它是社會進步的原動力，同時卻也容易成為罪惡的發軔。也許是遠古時期流傳至今的基因還隱隱然督促著我們不斷進步，未雨綢繆更是被視為防患未然的好習慣，文藝復興及科學革命促成知識大爆發，工業革命後的科技更是光速般前進。無論是科學家或是哲學家，人文學者或是藝術家，其初衷無一不是創造更美好的社會，無數古今中外先人的耕耘，形塑出物質豐裕的二十一世紀。可惜，罪與惡如影隨形，科技的進步除了帶來便利，也成了許多犯罪者利用的工具。科技來自於人性，卻也始終駕馭不了人性。

物質的豐沛可以集結科學家的智慧而成，工業革命至今不到三百年，我們的生活樣貌已從實現想像成為了不斷「超乎想像」，曾經人類最懼怕的「飢荒」、「瘟疫」已不再具毀滅性殺傷力，甚至「肥胖」衍生的健康問題奪走更多人命。當延續生命變得容易，心靈的充實卻沒有跟上，甚至因物質的豐饒愈顯貧瘠。

從「草莓族」到「水蜜桃族」，所謂抗壓性不足其實便是心靈的韌性變了，「躺平族」

究竟是無欲無求的大智慧，還是不思進取的啃老族？物質相對優渥的現今，為何年輕一代看不見未來？

「克己復禮」，禮的本質便是自律，臺灣一向以「民主」與「自由」為傲，然而社會新聞也不乏濫用「自由」而造成他人困擾的事件，自由不是盡情地做自己，而是謹守不妨礙他人自由的前提，適當地克制自己的私欲以合群，懂得自律才能談自由。

小康社會以「禮義」為社會的綱紀，糸部字的本意均與絲線、布匹相關，在紡織的過程中，絲線的整齊有序是必要的，因此延伸出「經天緯地」、「經世濟民」等詞語中的「治理」之意。禮義猶如小康社會裡的經線與緯線，以禮義端正人與人的距離——君臣、父子、手足、夫妻，一切社會制度亦建立於禮義之上，包括尊崇「勇」者與「智」者。崇勇及尚智在「家天下」的局面裡，成了執政者的功勳，然而「重智」之下奸謀必然隨之而生，「尊勇」亦將使兵起。

即便有私心，在上位者若以身作則依「禮」行事，使社會有序且繁榮，一個人人守禮、處處有義的國家，便可稱得上是河清海晏了吧！

人才流動是一場零和賽局——曌見〈諫逐客書〉

西周封建制度運行之初，在英明有為領袖的帶領下搭配著宗法、井田與禮樂制，興盛一時，建立了兩百多年的國祚，然而隨著人與事的改變，為求穩固政權同時也僵化了階級，為求籠絡人心而用人唯親，最終造就了腐敗與衰頹。

當人民豐衣足食，階級的不流動其實不會產生什麼大問題，也許難免會因比較而欣羨或慨嘆，只要衣食無虞，心裡的想望也終歸是想望。然而一旦貧富差距大到形成「朱門酒肉臭，路有凍死骨」的對立，攸關存亡，基層必然蠢蠢欲動、奮力一搏。春秋戰國的紛亂是平民試圖打破固化的階級，爭取資源重新分配，揭開階級流動的序幕。

隨著資本主義的興起，現今的我們也面臨著極類似的階級窘境，「厭世代」、「躺平族」、韓國「七拋世代」（拋棄戀愛、結婚、生子、社交、買房、夢想、希望），五子登科不再是奮發向上的誘因，薪水永遠追不上物價，高不可攀的房價，比貨幣通膨得更嚴重的學歷……依據馬斯洛生存理論，當生存都不簡單了，追求自我實現便不再是夢想而是幻想。

「魯蛇」、「廢柴」、「社畜」等詞頻繁出現於同學們互相嘲弄或自嘲的對話中，是的，生存的確不容易，但難道我們只能坐以待斃嗎？

李斯的答案肯定是：**No way！**

成功的必備條件到底是什麼？品德？才智？努力？這些條件僅在實現「人和」，「天時」也許需要一些運氣，但「地利」可以選擇。環境對一個人的重要性是古今中外許多先賢均提及的，無論是傾向孟子主張的「牛山濯濯」非不善，是後天的「斧斤伐之」；還是荀子的「蓬生麻中，不扶而直；白沙在涅，與之俱黑」。能「出淤泥而不染」的是鳳毛麟角，不該因此落入倖存者偏差（**survivorship bias**）。

身處風雲詭譎的動盪戰國，出身布衣的李斯不甘困於時局，本為楚國郡小吏的他，觀廁鼠、倉鼠之別，得「人之賢不肖譬如鼠矣，在所自處耳」之悟，於是他改造自我，增加「擇良木」的籌碼，踏上翻轉階級的征途。

「廁所不僅又臭又髒，還要常常因為人和狗的進出而驚嚇鼠竄，相較之下倉庫裡的老鼠每天吃飽飽，圓滾滾又悠哉，李斯便決定了，他要找到他的積粟大廡！」在台上講得慷慨激昂，希望激勵一下同學們，不要再一天到晚說自己的志向是：「找到可以讓他不用努力的阿姨」。

「可是老師，他幹嘛放著好好的人不當要當老鼠？」正當我試圖再換個角度告訴他們老鼠其實只是一個隱喻的媒介時，另一個同學搶先回答了。

「老鼠跟人都一樣是動物……」喔，莫非班上出現了領悟道家精神的好孩子？「反正一樣都是社畜，挑倉庫，待薪水比較高啊！」等等，結論怎麼又回到了社畜?!

臣聞吏議逐客，竊以為過矣。

秦國應該算得上是戰國七雄裡的明星選手了，無論是史學研究或是戲劇取材，韓趙魏齊楚燕秦一般人未必數得全，但講到秦國必定聯想到秦始皇。

同學們很喜歡考我一些屬於他們世代的「知識」：

「老師你知道歷史上最正的皇帝是誰嗎？」

「武則天。」心裡還暗自竊喜，以為好孩兒要趁機誇一下老師。

「錯！是秦始皇！」問號爬滿臉的我取悅了眼前的同學們，「因為他暴政（諧音正）！」

好的——這也算是兩性平等教育的一種落實吧！誰說只有女性才能貌美如花？

不過吸引李斯入秦的肯定不是嬴政的長相，而是秦國當時如日中天的局勢，尤其他一開始鎖定遊說的國君其實是秦始皇的父親，只是當他入秦時莊襄王已過世，戰國時期不再任人唯親，有才傍身便可躋身卿相之列，是個「天生我材必有用，千金散盡還復來」的時代，於是李斯選擇跟隨於「稷下學宮」三為祭酒的荀子學習帝王治術。

荀子的同期學生還有另一位名人——韓非，其才學令秦王以戰逼迫韓國交人，同時也「懷璧其罪」，因李斯之妒而慘死獄中。韓非與李斯的出身截然不同，韓非是韓國公子，而李斯出身基層，窮困造就了他力爭上游培養才識，卻也將自己置入名韁利鎖的束縛，最終作繭自縛徒留東門黃犬之嘆。

「詬莫大於卑賤，而悲莫甚於窮困」，這是李斯入秦前辭別荀卿的話，他要擺脫貧窮與卑賤，爭取名利地位，這是他終生奮鬥的目標，於是即便伴君如伴虎，一言不慎便可能粉身碎骨，「逐客」若實施，他要的榮華富貴就要成為泡影了，於是他得「諫」。

開宗明義直陳立場——逐客是錯的，但千錯萬錯都是「吏」之過！頒布逐客令者為秦王，但李斯以巧妙的語言技巧歸咎於「吏」，提供秦王收回成命的台階。如此不犯龍顏，又可收當頭棒喝之效。

昔繆公求士，西取由余於戎，東得百里奚於宛，迎蹇叔於宋，來丕豹、公孫支於晉。此五子者，不產於秦，而繆公用之，并國二十，遂霸西戎。孝公用商鞅之法，移風易俗，民以殷盛，國以富彊，百姓樂用，諸侯親服，獲楚、魏之師，舉地千里，至今治彊。惠王用張儀之計，拔三川之地，西并巴、蜀，北收上郡，南取漢中，包九夷，制鄢、郢，東據成皋之險，割膏腴之壤，遂散六國之從，使之西面事秦，功施到今。昭王得范雎，廢穰侯，逐華陽，彊公室，杜私門，蠶食諸侯，使秦成帝業。此四君者，皆以客之功。由此觀之，客何負於秦哉？向使四君卻客而不內，疏士而不用，是使國無富利之實，而秦無彊大之名也。

一篇好的知性文，需要條理分明、舉例妥切、論述周延，此段落便是利用層次分明的舉例營造令人難以拒絕的說服力，面對自己的去留與存亡，李斯開局便丟出歷代秦王「鐵支」，不僅列舉四位國君任用客卿使秦富強的史實，對於其富國強兵的成效更是精心安排，兼顧安內與威外。

	客卿	成效（威外）	成效（安內）
穆公（奠定根基）	西取由余於戎，東得百里奚於宛，迎蹇叔於宋，來丕豹、公孫支於晉。	并國二十，遂霸西戎。	×

孝公 （變法強國）	用商鞅之法。	諸侯親服， 獲楚、魏之師， 舉地千里，至今治彊。	移風易俗， 民以殷盛， 國以富彊， 百姓樂用。
惠王 （瓦解合縱）	用張儀之計。	拔三川之地， 西并巴、蜀， 北收上郡， 南取漢中， 包九夷， 制鄢、郢， 東據成皋之險，割膏腴之壤， 遂散六國之從，使之西面事秦。	×
昭王 （中央集權）	范睢。	×	廢穰侯， 逐華陽， 彊公室， 杜私門。

二〇二五年教授此課時，適逢美國總統川普扔出關稅核彈，同學們問我：「老師，川普跟習近平不是好朋友嗎？為什麼還有中美貿易戰？」雖然社會領域非我專業，卻認為這是一個機會教育的好時機。

「商場如戰場，各位聽過秦晉之好嗎？邱吉爾曾言：『這世界沒有永遠的朋友，也沒有永遠的敵人，只有永遠的利益。』為了利益，兒女的婚姻可以是籌碼；為了利益，姻親彈指間可反目成仇。」秦國三十幾位國君裡，除了首位建立大一統的秦始皇，同學們最熟悉的應該是秦穆公，無論是透過國中的歷史課或是孟子選；另一位關鍵人物晉文公，從寒食與清明節的典故開始，到退避三舍、秦晉之好，自國小起便開始隱藏於大大小小的掌故裡，一直到高中的〈燭之武退秦師〉，才算是較完整地躍入同學的視野。

其實我自己對於《左傳》的著迷是始於大學時的課堂，當時的我為賺取學費及生活開銷，將許多心力放在家教與補教打工上，然而有幾位教授的風采至今仍鐫刻於心，教授《左傳》的蔡妙真教授便是其中之一，讓我養成了面對國際間或事業上的詭譎風雲時叩問《左傳》的習慣。

國中選文的〈生於憂患，死於安樂〉裡，列舉六位聖賢先例佐證「殷憂啟聖」的道理，與〈諫逐客書〉有異曲同工之妙，年紀尚輕的同學們對於幾位人物的遭遇未必能有共感，然而在國中階段有基本的認識，對於銜接高中課程，以及進一步深入探討時會較有助力。

時代	古聖先賢	出身	地位
傳說時期（唐堯）	舜	畎畝（農夫）	天子
商	傅說	版築（築牆工人）	殷高宗（武丁）相
	膠鬲	魚鹽（商人）	商紂&周武王之臣

時代	古聖先賢	出身	地位
春秋	管仲（管夷吾）	士（囚犯）	齊桓公（小白）相
	孫叔敖	海（逃犯）	楚莊王相
	百里奚（五羖大夫）	市（奴隸）	秦穆公臣

今陛下致昆山之玉，有隨、和之寶，垂明月之珠，服太阿之劍，乘纖離之馬，建翠鳳之旗，樹靈鼉之鼓。此數寶者，秦不生一焉，而陛下說之，何也？必秦國之所生然後可，則是夜光之璧不飾朝廷，犀象之器不為玩好，鄭、衛之女不充後宮，而駿良駃騠不實外廄，江南金錫不為用，西蜀丹青不為采。所以飾後宮、充下陳、娛

> 心意、說耳目者，必出於秦然後可，則是宛珠之簪、傅璣之珥、阿縞之衣、錦繡之飾不進於前，而隨俗雅化、佳冶窈窕趙女不立於側也。夫擊甕叩缶，彈箏搏髀，而歌呼嗚嗚快耳者，真秦之聲也。鄭、衛、桑間、韶虞、武象者，異國之樂也。今棄擊甕叩缶而就鄭、衛，退彈箏而取韶虞，若是者何也？快意當前，適觀而已矣。今取人則不然，不問可否，不論曲直，非秦者去，為客者逐。然則是所重者在乎色樂珠玉，而所輕者在乎民人也。此非所以跨海內、制諸侯之術也！

國寫知性題常有字數與行數之限制，在總測驗時間九十分鐘裡，須配合題型，留給文長不限的題目（通常是感性題）較充裕的時間，文字流暢優美對於抒發情意的確有加分效果；然而在須展現「批判思考」的知性題裡，文字只需條理分明，對於文筆不佳的同學而言，是較易奪分的一題。只要結構適當，題材剪裁得宜，大量論據佐證之下，論點便可深中肯綮，抓住閱卷老師的心。

上書類的文章亦須如此，欲遊說在上位者，言簡意賅是關鍵，這點自古至今皆然，尤其於短影音盛行的當代，五秒內抓不住觀眾目光便出局，對於「一寸光陰值萬金」的企業主而言更是如此。

雖說在科技的進步之下，無論是提案或是演講，簡報可以增加畫面，避免純對話的虛無，然而要達到絕無冷場，依靠的還是講者魅力與如珠妙語，李斯於此便以文字展現出「說之以理」的藝術。

此段一樣列出諸多例證，但是時間點不同了，前一段是「向使四君」中用客卿的碩果，這裡羅列的卻是秦王愛用的「舶來品」，由器物、美女到藝術，「秦不生一焉，而陛下說之」，這是享樂只為適意；追求快意的生活倒也無可厚非，但若想成為英明的國君怎麼可以在取人、取物之間有雙重標準呢？

周遭珍寶、後宮妃嬪甚至是日常歌舞，無一不是來自異域，延攬人才卻限制國籍，不分青紅皂白地逐客，這是自相矛盾。歷代秦王舉用客卿建立秦國叱吒天下的威勢，而今卻悖離「跨海內制諸侯之術」，這是自毀基業。李斯不僅擅用事例塑造振聾啟聵的說服力，例子與段落的安排更是設計巧妙，古與今、人與物的對比，再加上各個段落後的反筆收束，緊扣「逐客之弊」，步步進逼。最重要的是，他深知嬴政要的是什麼，「投其所好」

是實現有效溝通的關鍵要素。

臣聞地廣者粟多，國大者人眾，兵彊則士勇。是以泰山不讓土壤，故能成其大；河海不擇細流，故能就其深；王者不卻眾庶，故能明其德。是以地無四方，民無異國，四時充美，鬼神降福，此五帝三王之所以無敵也。今乃棄黔首以資敵國，卻賓客以業諸侯，使天下之士退而不敢西向，裹足不入秦，此所謂藉寇兵而齎盜糧者也。

無論是知性文或是感性文，一篇文章若可有實有虛便可意象鮮明、錯落有致，「實」是具體，可以是畫面、實例；「虛」是抽象，是作者要傳遞的情感或道理。通常在論據佐證完論點後，輔以「論述」可更完善自己的立場與觀點，論述如何不空泛？李斯於此做了極好的示範。

修辭手法裡的排比可增加文章氣勢，譬喻法的借彼喻此是具體化的良方。首三句以相同句型指向同一個主題：「眾」，緊接著又以略喻兼排比表明「有容乃大」的重要性，王者（秦王）想不想明其德只有他自己知道，但是成為河海那樣的百谷王，成為泰山般睥睨天下的共主，肯定是他每年的生日願望。

夫物不產於秦，可寶者多；士不產於秦，而願忠者眾。今逐客以資敵國，損民以益讎，內自虛而外樹怨於諸侯，求國無危，不可得也。

李斯此文攸關個人職涯的去留，一心欲得榮華富貴的他，在地毯式的邏輯轟炸後，還不忘剛柔相濟，邏輯縝密地揭示「逐客百弊無一利」後，適時且適當地表達忠心——盡忠與國籍無關，就像寶物不一定產於秦，逐客事件本就始於「鄭國渠」事件，間諜從古自今都是在上位者的大忌，如果在一開始就打悲情牌宣示忠誠，不僅說服力較弱，更可能使整篇文章遭塵封。子曰：「時然後言，人不厭其言。」時機是掌握說話藝術時須費心的關鍵。

曹丕《典論論文》：「文以氣為主，氣之清濁有體。」我們也常說「文如其人」，權欲迷眼的李斯，其鋒芒與野心猶如匕首，藏鋒於筆尖，於各段落末段輕巧精準地直取秦王之心：

	論點一	論點二	論點三
逐客之弊	向使四君卻客而不內，疏士而不用。	所重者在乎色樂珠玉，而所輕者在乎民人也。	棄黔首以資敵國，卻賓客以業諸侯，使天下之士退而不敢西向，裹足不入秦。
匕首	第一刀：是使國無富利之實，而秦無彊大之名也。	第二刀：非所以跨海內、制諸侯之術也。	第三刀：此所謂藉寇兵而齎盜糧者。
說明	以假設句說明：無客卿，無今日富利強大之秦。	揭示矛盾之舉：重物輕民非「包舉宇內，囊括四海」之術。	人才爭霸戰是一場零和賽局：逐客不僅喪失人才，將人才拒之門外更將助長敵國的實力。

	總論
逐客之弊	逐客以資敵國，損民以益讎，內自虛而外樹怨於諸侯。
匕首	終極一刀：求國無危，不可得。
說明	結論：逐客將引發「國安危機」。

列四君為正例，繼之以四物（珍寶、駿馬、美女、藝術）為反例，懾以全文四刀，「駢文初祖」李斯盡展形式主義的優勢，稱其以排山倒海之勢樹立了上書類文章的里程碑也不為過。

回首李斯一生，偶遇子神啟動了他「我命由我不由天」的神鬼奇航，也許每個人都有其命中注定，然而「命」只會是起點，我們永遠都還有「運」，那是我們生命中一個個的選擇，是選擇決定我們的終點。李斯接連幾個果斷的選擇，讓他一路平步青雲，卻也在錯誤的選擇下直墜深淵。

太史公給他的評價是：「人皆以斯極忠而被五刑死，察其本，乃與俗議之異。不然，斯之功且與周、召列矣。」僅以寥寥數語便能清明地是是非非，這便是史家絕唱，雲淡風輕地敲響悠揚萬世的暮鼓晨鐘。

秋之卷——關於52赫茲

如果生命本是汪洋，渺若一粟的你我何以揚帆？如果生命是大漠，寂寥的靈魂何以不乾涸？音頻特殊的52赫茲鯨魚離於魚群之外，卻游進人們心中，正如擁抱孤獨的我，方得由鯤成鵬；關於52赫茲，我想說的是屬於我的逍遙遊。

呱呱墜地之時，與母親相繫的臍帶便是一種隱喻——人生在世，難以離群。襁褓時期對懷抱的依賴，一如長大後對同儕認同的渴求。學步時顫顫巍巍地邁出步伐，於歪斜的足印裡領略成長是脫離長輩提攜，踏出舒適懷抱走入校園舉措躊躇，於人際磕磕絆絆中明白，成長更是擺脫他人目光，探索心之所向。

求學階段的我就是隻音頻特殊的鯨魚，於群體生活裡格格不入。「天為什麼青？海為什麼藍？圖書館何以稱圖書館？」各式無關課本的疑惑一旦掠上心頭便直衝脣畔，旋即轉印成聯絡簿上的紅字，換來一頓頓的家法，亦成為同學間的笑語。如此的歡快卻是我心上的芒刺，愈急著融入群體，愈是適得其反，最終，我成為一隻離群的鯨，於不可抗的孤寂裡載浮載沉，幾近溺斃。

屈原苦於讒言，行吟澤畔，而我的好奇與不合時宜，淌成了我的汨羅江。這江水太淺，溺不斃不斷浮現的遐思，卻氾濫於我的群體生活，成為我與旁人無解的湍流。直至踏入文學殿堂，於張愛玲所寫字裡行間覓得浮木：「在沒有人與人交接的場合，我充滿了生命的喜悅。」孔子雖云鳥獸不可與同群，如若能視天地萬物為同群，何往而離群？

於是心坦然了，52赫茲其實是造化的巧思，寂寞能為喧囂的生活降噪，更能靜觀萬物、品味生活，不再索求關注的我，悠游於文學汪洋，原以為無以共鳴的，跨時空同聲相應。白居易淪落潯陽江畔，方得遇見另一縷孤寂的靈魂，碰撞出輝煌千古的琵琶絕唱；柳宗元於西山觀照自我，終將一時榮辱泯於宇宙的浩瀚與無窮。

52赫茲，是譜出獨一無二生命樂章的必然，將孤寂昇華成孤獨，「獨與天地精神往來」一躍成鵬，終能逍遙於無何有之鄉。

粉紅超跑與白月光——曌見〈晚遊六橋待月記〉

一一四學年度學測國寫登場時，感性題的「52赫茲」嚇壞了不少考生，不是因為題目難，而是當題目釋放的自由發揮空間大了，習慣了按圖索驥的同學容易不知所措。我常跟同學戲稱這可算得上是「鯨魚之亂」，擅長創作的同學自然可洋洋灑灑，靈性高的想必也率爾操觚，但這鯨魚一個甩尾，同學們可是化鵬展翅、鎩羽重考兩樣情。

大考作文畢竟非自由創作，精準掌握題目的指引便不致偏題或難以成文。題幹的每一個問號我都會請同學特別標注起來，提醒自己有問有答，謀篇時除了首段破題，最好在次段便將題幹的指令回答完畢，若是想在後面的敘事段落透過故事闡述的確是創作時的手法，但是就怕同學們在考場上一緊張就忘了回答，甚至於寫著寫著就偏題。

「你心中也有自己『獨特』的52赫茲嗎？」其實便已經明確地指出兩大關鍵：自己、

獨特；有些題目可以舉他人事例，此題不行。網路上對於52赫茲鯨魚的討論度很高，大家預測閱卷老師可能會改到很多的出櫃、自閉、霸凌……等事件，同學也問我：

「老師，如果寫自己是同性戀你會給幾分？」

「老師，如果真的被霸凌，寫出來卻被當成是假的怎麼辦？」

散文貴真，不像小說那樣可以藏在虛構裡，散文也重「透明」，不像詩人以各式技法與隱喻為絲，層層包裹主旨，待讀者細細剝繭。大考作文雖常常備註文長不限，但在答題卷不得增補的限制下，字數也要限縮在八百字以內，書於二十二字乘以三十八字行的稿紙，篇幅似小品。

小品之名始見於佛典，意指簡短約略的佛教篇章，文學的小品除了篇幅短「小」，更具有「品」味生活的內容，從六朝寫景的山水小品、晚唐的諷刺小品，晚明的時空背景促成了小品文的巔峰時期。「清俊靈巧」的小品文是晚明創作者的修正液，在有限的範圍內塗去政治的混亂，留給自己一方淨土。

公安三袁的「獨抒性靈」是明哲保身的一種展示，紅塵擾攘，板蕩之際更容易使人心惶惶；臺灣自經濟起飛時期開始，理組便一直是升學裡的熱門選項，文科生更常常成為調侃笑料，當與學生討論起文人的高光時刻，一陣回推似乎就得回到重文輕武的宋代：

「蛤——老師，文人算不算打入十八層地獄了？」呃……這真是有些非戰之罪了。

元朝廢科舉後，明清的八股取士更是剝奪了思想自由的空間，幸好「才華」原本便不屬於體制培養的產物，流竄的文思匯流滋養出「俗文學」，在「難登雅堂」的世界裡發芽茁壯，就像52赫茲的鯨魚，不是同類聽不見，而是世界太大，海洋很廣，我們總得花一些時間，堅持唱出自己心底的歌，等到以聲（文）會友的那一天。

> 西湖最盛，為春為月。一日之盛，為朝煙，為夕嵐。

西湖應該稱得上文人騷客墨跡榜第一名了，袁宏道起筆便總提全文美景，指出心目中西湖最美的時間點。對於同學而言，破題法會是比較好的下筆方式，也是因為在首段就提綱挈領的話比較不用擔心離題，篇名「待月」在後文僅用虛筆寥寥帶過，無論是為營造等待之感的刻意為之，或是公安派隨性所至的筆風，至少在首段已明確點出「春」

與「月」。

風雨蜩螗時，山林收到的目光就更多了，撇除由衷傾慕青山綠水的一群，不少人像是余秋雨筆下的「中國知識分子的機智與狡黠」，掛上「安貧樂道」的匾額，便能安心躲入實則由官場失利、現實挫敗砌成的地窖，霉味濃重，卻安全寧靜，於是十年寒窗終成一座座孤山，滿腹經綸只能對風月花鳥傾訴。

張岱：「古人記山水手，太上酈道元，其次柳子厚，近時則袁中郎。」三位名家剛好分屬三種創作動機：酈道元是出於學術考察的實用目的，柳宗元永州八記是典型的貶謫文學，唯有覺得做官苦而辭官的袁宏道，山水不是他的防空洞，是復得返自然般的「游鱗縱壑，倦鳥還山」。

酈道元以實地考察的方式記錄了山川水文，附加了風土民情完成了《水經注》，身為地理類專書同時又開啟了山水遊記先河，像是地理課本意外成了寫作指南，頗符合新課綱裡的跨領域精神。

無心插柳柳成蔭，創作如果太刻意就少了靈性，袁宏道的「獨抒性靈，不拘格套」便是想掙脫前期的「擬古」風氣。明代中葉的「前後七子」與「嘉靖三大家」，前者是「文必秦漢、詩必盛唐、大曆以後書勿讀」，後者則是崇尚「唐宋八大家」的翔實與樸質；對於創作者而言，「有跡可循」就不易像無頭蒼蠅，但是就藝術層面而言，「非從自己胸臆流出，不肯下筆」也是一種對美的堅持。

作文教學何嘗不是如此？究竟是「文以氣為主，氣之清濁有體，不可力強而致」，還是「文不可以學而能，氣可以養而致」？教學至今，我心頭的答案是天才無法養成，但地才可以。格套對於天才而言是枷鎖，反而傷其羽翼，但是對於大部分的人而言，有了格套，創作不再是遙不可及的太陽，尤其考試用的任務型寫作，總是需要給孩子們結構與步驟，他們才能顫巍巍地踏出第一步。

今歲春雪甚盛，梅花為寒所勒，與杏桃相次開發，尤為奇觀。石簣數為余言：「傅金吾園中梅，張功甫玉照堂故物也，急往觀之。」余時為桃花所戀，竟不忍去湖上。

當其他士子紛紛探訪象徵君子高潔的古梅時，袁宏道留戀於應時盛開、受群眾喜愛，於文人眼中卻顯俗豔的輕薄桃花，這是作者與眾不同的審美品味。

然而對於「獨特審美」一詞，我卻忍不住陷入自我詭辯：獨特代表不從眾，但如果發自內心喜歡的也是大眾喜歡的，這還算是獨特審美嗎？對美的追求是人們的天性，你我的選擇即使不可能完全一致，卻也不太可能截然不同，當英雄所見略同時，「獨特」又該如何定義？

接收到外界資訊的時候，其實我們很難完全不受影響，我常跟同學戲稱自己是邊緣人，記得有一次購買服飾，店員要替我留資料建檔：

「你有什麼綽號嗎？我怎麼叫你比較好啊？」當下不覺一愣。

「呃……大家都叫我老師。」除了媽媽我還真想不到第二種稱謂。

「蛤？還是你朋友都怎麼叫你？」小姐很希望拉近距離，鍥而不捨地詢問。

「呃……我沒什麼朋友。」

稱得上熟識的朋友真的五隻手指數得出來，除了唯「二」自大學認識至今的友人，生活圈裡都是家長、學生，其餘就是教育界或是名山事業相關人士，那熱心的小姐瞬間尷尬的神情至今還歷歷在目。

兒時便開始幫忙家計，學生時代半工半讀，一直以來的生活除了學業與事業，人際社交真的是差不多全部絕緣，從資訊野蠻人演變成習慣性屏除來自他人的資訊，就是不希望被外界紛雜掩埋了真心，忘記了自己的本來面目。

袁宏道更勝一籌，即便好友陶石簣屢次催促「急往觀之」，他仍不為所動，他和陶望齡在鏡湖的互動裡頗可愛，他稱石簣狂放與飲酒都不如賀知章，唯有眼睛差不多：「季真（賀知章）識謫仙人（李白），爾識袁中郎。」若按近來話題度極高的ISFP人格分析，我想袁宏道應該會是ISFP探險家吧。

> ISFP人格是真正的藝術家，他們氣質獨特，雖然有點優柔寡斷，經常到最後一刻才做決定，卻懂得及時行樂。具有獨到的審美眼光，高度關注時尚及美感，且比一般人更感性，生活中的許多事物都能引起他們的共鳴，藉此成為創作的靈

感。作為一個享樂主義者，他們很容易會衝動行事，較缺乏對未來的規劃。

大數據推播的廣告都可能在無形中影響我們了，更何況是來自親友的推薦？隨著網路普及而興起的團購風也可算得上是從眾效應的一種展示，袁中郎展現自我與堅持自我的部分也是此文的學習重點之一。

國中會考寫作樣卷的「我看從眾實驗」是會考作文往高中國寫銜接的指標性題目，同學們需先分析兩項實驗的共通處，再就個人經驗闡述想法及見解。題目資訊裡的兩項實驗是「羊群效應」的呈現，在群體社會裡，擁有獨立思考能力不盲從是重要而難得的，但這需要清晰的見解與被討厭的勇氣，自由價值算是近代才普及，比起初獲自由的欣喜若狂，大家開始明白自由是有代價的，為了維繫社會秩序，自由更須以自律為前提，無限上綱的自由將是一場災難。

由斷橋至蘇隄一帶，綠煙紅霧，彌漫二十餘里。歌吹為風，粉汗為雨，羅紈之盛，多於隄畔之草。豔冶極矣！

尚無機會尋訪杭州的我，想像中的西湖是位典雅的美女，也可能是受「若把西湖比西子」的洗腦太深，印象已定，只是在各文豪的筆下換裝。

這段文字讓我想起和服的樣子，由足袋、貼身襯衣、長襦袢到披上和服，其後還有腰扭及腰帶、配件等，層層穿搭出華麗與端莊。二十幾歲到京都自由行時體驗了一次和服，由和服專家協助著裝，過程之繁瑣想來我是學不會的，但著裝完畢後的美麗，是性急如我還能噙笑等待的理由。

就像將整個春季穿在身上似的，走在京都的巷弄裡，步伐不能大，也自然而然地不想邁大步，人要衣裝，甚至因而端莊。繪羽振袖攤開來時就像斷橋至蘇堤間的春景，韶光易逝，所以能將春光穿在身上一次，也是不枉此生。

瀰漫二十餘里的花花草草，柳如煙、桃如霧。不少名作都有著精妙的比喻，所以「譬喻」也是同學們國小階段就開始練習的修辭。文學作品裡常常將楊柳和「煙」連結：歐陽脩「楊柳堆煙，簾幕無重數」，晏殊詞「東風楊柳欲青青，煙淡雨初晴」。在大自然琳琅的綠色裡，柳綠已是專屬的色階，萬條垂下的柳葉隨風搖曳，再加上柳樹耐濕總是近水，無論是水氣蒸發的氤氳或是絲條款擺的迷眼，抓不住的春光爛漫如煙似霧。滿目縹碧已是濃重的春意，再添上桃紅就成了一幅精緻的油畫，春天的豐盈也溢乎文辭。

以「歌吹」、「粉汗」與「羅紈」形容遊人如織的熱鬧，此段的遊客是「一般人」，同學們有時候不免疑惑：

「老師，那袁宏道也算在這些遊人裡面吧？那他不算俗士嗎？」提出類似問題的學生還不少，每每都讓我覺得很欣慰，因為這代表他們真正學思並行。

「大家都遇過媽祖遶境活動吧？」

「當然啊——我阿公、阿媽都會去！」當我問那是否參加過遶境，大男孩靦腆地笑著表示只有小時候跟著去過。

「遇到的話會塞車塞很久……」的確，一個不小心誤入車陣的話，困個一兩個鐘頭是常有的事。

「有很多東西可以拿耶！」好一個精打細算的孩子，但也不免提醒了一下無功不受祿，資源還是要留給真正需要的人。

「三月瘋媽祖」已然成為臺式嘉年華，農曆三月媽祖誕辰各地舉行的慶典，無論是遶境、進香、刈火……展現出的信仰力量極爲驚人，信徒跟著徒步進香，需要的不僅是體力，更考驗意志力。兒時便曾親睹盛況的「大甲媽遶境」與「北港朝天宮藝閣」，近年竄紅的「白沙屯粉紅超跑」，參與民眾動輒數十萬，空拍照之下的盛況震撼也奪目，綿延數十里的「媽祖紅」也可列入臺灣十景之一吧？

同學們的回答正是各方心態的縮影，參與活動的人們雖各有目的與動機，數十萬綿延的人龍裡，跟風的人必然不少，但懷揣虔誠之心全程參與的信徒，也只能加入這「多於堤畔之草」的人潮，無論有心無心，大自然總是包容一切來者不拒，就像海洋女神的慈悲與寬容。

> 然杭人遊湖，止午、未、申三時。其實湖光染翠之工，山嵐設色之妙，皆在朝日始出，夕舂未下，始極其濃媚。月景尤不可言，花態柳情，山容水意，別是一種趣味。此樂留與山僧遊客受用，安可為俗士道哉！

從旅遊景點、地方美食、到流行趨勢，許多時候我們的選擇未必是自己的選擇。杭人遊湖的午未申三時，是上午十一點至傍晚五點，算是現代旅行團行程裡的「黃金時段」，陽光正好，只要天公作美，是吃吃喝喝出遊踏青的好時機。

袁宏道獨鍾於清晨旭日初昇與傍晚的西湖，這兩個時間點，陽光不像午未申時耀眼，輕柔的日光大概就像美顏相機的作用，可以暈染湖光與山色，人間的倫理與禮法需要黑白分明，自然界的風光則不拘，山嵐在夕陽的映照下斑斕如美人酡紅的朱顏。

愈夜愈美麗不是現代生活的專屬，古今中外沐浴於月光而生成的傑作豈少？讓解衣欲睡的東坡欣然起行的入戶月色；春江潮水連海平，張若虛一生絕響的空裡流霜；毛姆筆下滿地都是六便士的街上，意外成為藝術家路引的月亮。想要在考試時迅速下筆，平時便可練習與「月」相關的題目，對於月亮的描摹與詮釋適用於寫作試題的機率是極高的。

棄醫從文的毛姆，理由也許不像魯迅那般憂國憂民，書中的「追逐夢想就是追逐自己的厄運」成為醒世名言，毛姆自身卻據說是二十世紀三〇年代收入最高的作家。袁宏道自萬曆二十三年擔任吳陽縣令起至辭官，十六年的職涯裡實際任職的時間雖不長，政績十分卓著，但官場真是他的囹圄，不似為權或為利而爭相入局的政客，「遇上官則奴，後過客則妓，治錢穀則倉老人，諭百姓則保山婆」。為了生活溫飽養家活口，袁宏道還是逼著自己撿了幾年的六便士，只是他不曾踏上尋月之旅，尤不可言的月景就在他的筆下。

波光裡的桴影——曌見〈鹿港乘桴記〉

曾在網路上看見一個有趣的文學問題發起活動：

「文學史上最印象深刻的開場白？」

迴響滿多，許多經典是預料中的答案：

「許多年後，奧雷里亞諾．波恩地亞上校在面對執行槍決的部隊那一刻，憶起了父親帶他見識冰塊的那個遙遠午後。」——馬奎斯《百年孤寂》

「請您尋出家傳的霉綠斑斕的銅香爐，點上一爐沉香屑，聽我說一支戰前香港的故事。您這一爐沉香屑點完了，我的故事也該完了。」——張愛玲《第一爐香》

「今天，媽媽死了。也許是昨天，我不能確定。」——卡繆《異鄉人》

「那是最美好的時代，那是最壞的時代；那是智慧的時代，那是愚蠢的時代；那是信任的時代，那是懷疑的時代；那是光明的季節，那是黑暗的季節；那是希望之春，那是絕望之冬……」——狄更斯《雙城記》

網路究竟是「增厚同溫層」或是「打破同溫層」這點始終各有擁護者，毫無疑問的是取得資訊的確變得更便利也立即，許多文學作品即便未能毫無負評，引起的迴響與共鳴足夠超越時空限制，便堪稱「經典」。

文章的開頭如「龍頭」，不僅定下全文基調，也影響著全文脈絡。作家像魔術師，需要施展時間的魔法，安排人、事、時、地、物出場時，如何巧妙地泯除「痕跡」，使讀者自然而然融入情景。靈感所至如行雲流水般揮筆立就，毫無頭緒時便只能乾瞪著稿紙渴望僥倖拾得吉光片羽，這是對於一般的創作者而言。同學們在寫作能力測驗裡，面對著有限的作答時間，無論如何是一定得快速下筆的，有時候我也不免問自己：

「究竟是寫作難？還是教同學寫作更難？」這問題其實至今沒有答案。

寫作一事，周芬伶老師的譬喻之妙我在多年以後才頓悟：

「有靈感的作品像熱戀，頭腦在發燒，不寫不快；沒靈感的作品像婚姻，苦心經營也不一定成功。」微苦的詼諧得走過婚姻才能懂得。

譬喻、摹景……其實都是「具象」文思的一種，人的想法看似獨立，透過閱讀卻發現竟可以如此驚人地相似，現象與情感交織成文，場景作為配角也是最容易被忽略的部分，安安靜靜地陪襯著主角與情節，然而許多的經典名著都留給了讀者印象深刻的畫面，「共感」有感官為施力點，渲染力變更強了。

洪繻的〈鹿港乘桴記〉加入課綱以來，不曉得是因為同溫層太厚，或是大部分的國文教師所見略同，教學時不乏無奈之感慨。主要原因在於使用的詞彙，及「舊愛還是最美」的國族意識，對於日治的全盤否定容易使人認為其略顯狹隘。

然而文字終歸是作者的情緒出口，面對政權更迭，又怎可能無動於衷？其字「棄生」除可能是用典「棄繻生」（破釜沉舟以求取功名之心），也可能是因「清廷割臺」而產生「棄地生民」之感。對於日治時期的人們（尤其是文人），不僅有著被「拋棄」的感覺，日本統治下的不公與壓迫更是雪上加霜，向來是「國家不幸詩家幸，賦到滄桑句便工」，這樣複雜且強烈的情感，正是文學創作的沃土，許多日治時期的作家，寫作似乎成了他們的反抗策略之一；日治時期文學作品也不少，為什麼是這篇？

上課時不小心碎念一下此文詞藻的拗口時，同學們也常常問道：

「老師，那為什麼還要選這篇？」

「因為『鹿港』二字，配合臺灣題材……」近幾年處理「臺灣」議題都得小心翼翼，有時順口提及中國文學，同學們也會故意「鼽——」製造效果，文學與藝術本該無國界之分，受意識形態之累而割裂至此，頗感淒涼。

講解此課，我試著以洪繻筆下的「場景」成為切入點，由景入情或入理也是作文常見手法，方法相同，取景的些微差別卻可使閱讀感相去甚遠。不是所有情意題都會需要場景的描摹，但有些特定的題目關鍵就在「取景」，如一一三學年度模擬考試題「昔日今時」，題目要求依據文本回答作者見證了「爺爺西裝店」的什麼改變，以及所處時代的變遷；這樣的題目設定其實沒有明確要求同學寫出「地點（場景）」，然而時光無痕，唯有透過場景的變化才能勾勒出人面桃花的惆悵。

樓閣萬家，街衢對峙，有亭翼然，亙二、三里，直如弦，平如砥，暑行不汗身，雨行不濡履。一水通津，出海之涘，估帆葉葉，潮汐下上，去來如龍，貨舶相望。而店前可以驅車，店後可以繫榜者：昔之鹿港也。人煙猶是，而蕭條矣；邑里猶是，而泬寥矣。海天蒼蒼，海水茫茫，去之五里，涸為鹽場，萬瓦如甃，長隄如隍。無懋遷，無利涉，望之黯然可傷者：今之鹿港也。

「一府二鹿三艋舺」是深植於大家腦海的俗諺，描述十九世紀清領臺灣經濟與政治中心的發展史，臺南府城、彰化鹿港、臺北艋舺，盛極一時的輝煌是我難以想像的。時光最是無情卻也最公平，一百多年雖未能使滄海成桑田，也足以如「川劇般」為城鎮變過多張面孔。府城卸下政治重心走向文化與觀光，艋舺成為流行與傳統共存的繁榮商圈，相較於二者的六都光環，鹿港的確相形而黯然。

鹿港的興盛與船舶之便是密不可分的，城市的崛起裡，「地利」可以是關鍵要素，然而時代的變遷瞬息萬變，再加上科技的催化，沒有什麼是能恆長久恃的。「高瞻遠矚」是英明領袖的特質之一，想法能跑在現象發生之前，在巔峰時期不耽溺於掌聲，而是思考著如何再創高峰，設法避掉「月盈則蝕」的困境。

作者於此段分三個層面呈現出鹿港的今昔之變：

	昔（清領）	今（日治）	盛衰之變
市容	1 樓閣萬家。 2 街衢對峙，有亭翼然，亙二、三里，直如弦，平如砥，暑行不汗身，雨行不濡履。	1 人煙猶是，而蕭條矣。 2 邑里猶是，而沉寥矣。	繁華↓冷清。
地理	一水通津，出海之涘。	海天蒼蒼，海水茫茫，去之五里，涸為鹽場。	航道暢通↓淤塞而成鹽場。

經濟	估帆葉葉，潮汐下上，去來如龍，貨舶相望。	無懋遷，無利涉。	航運貿易榮景↓商業凋零，經濟萎縮。

同學們於寫作時，故事段的畫面擷取若可有系統性的安排對比，文學的意象便可更明確。撇除洪繻用字遣詞艱澀的部分，此篇文本視覺上的安排還是極佳的：

「樓閣」和「街衢」砌成鹿港昔日的繁華，盛況總是令人留戀，書寫細微也是具象化眷戀的一種方式——綿延二、三里長的街道，筆直如弦、平坦似磨刀石的細密，走在「不見天街」，夏天不會滿身大汗，雨天不濕鞋；不忍卒睹的衰敗景況，則以簡單的「蕭條」與「泬寥」帶過，痛苦與不堪陳述得太多，不僅作者自己容易陷入情緒泥淖，對於讀者而言不是負擔太重，便是因無法共感而反顯冗贅。

歡樂的時光總是過得特別快，而痛苦需要時間消化與品嘗，所以升學作文裡，刻畫負面情緒或題材宜淡筆，點到為止，「寫作能力測驗」的本質還是測驗，不同於各式「文學獎」，取材與配置都還是有一定的限制。常有人質疑國寫測驗的公平性，認為文章的好壞取決於評審的主觀，但就我擔任作文評審的經驗而言，大家挑出來的前五名（或前三）常常是差不多的，最多偶有排名上的歧異，我認為這是因為愛「美」是人類的天性，這裡的美未必是辭藻與形式之美，而是關於作者的靈魂之美。

因此我心目中「人文教育」的精神便是培養靈魂，而新制國寫在適當的引導下是極佳的途徑，分數可以是誘因，但不可是唯一，當大人們口口聲聲分數分數，孩子們又如何不迷失了靈魂？

屏除過於主觀的部分，〈鹿港乘桴記〉對於「變遷」的書寫還是頗值得探討；政經結構的變化與泥沙淤積的地理條件都是難以抗衡的衝擊，然而人們總要學會因應生命中的變數。時代不斷地前行，與其沉溺於「盛極而衰」的喟嘆，不如思考「盛衰」背後的機制與邏輯。歷史不是用來哀悼的，而是讓我們理解：人如何在失落後爬起、在荒蕪中重生。

昔之盛，固余所不見；而其未至於斯之衰也，尚為余少時所目覩。蓋鹿港扼南北之中，其海口去閩南之泉州，僅隔一海峽而遙。閩南、浙、粵之貨，每由鹿港運輸而入，而臺北、臺南所需之貨，恆由鹿港輸出，乃至臺灣土產之輸於閩、粵者，亦靡不以鹿港為中樞。蓋藏既富，絃誦興焉，故黌序之士相望於道，而春秋試之貢於京師、注名仕籍者，歲有其人，非猶夫以學校聚奴隸者也。

此段先回望童年所見，鹿港已非全盛時期，然昔日餘暉猶可辨。作者隨即分析鹿港得以成為臺灣貿易樞紐的地理優勢——據守南北要衝，出海口距泉州僅隔一峽，閩、浙、粵貨可由此輸入，臺北、臺南所需亦多經此地轉運，字裡行間，流露出對家鄉曾經榮光的與有榮焉。

物阜則文興，鹿港富庶之時，書香盈巷，赴京應試、入仕為官者代有其人。孔子倡「先富而後教」，亦道出教育須建立於民生之上。民不聊生時，教化終成空談；衣食無憂後，才有可能談思辨與理想。身為教師，縱然掛念學子心靈是否乾涸，卻也不得不承認：民生政策的立竿見影，遠比教育的潤物無聲更易察覺，作育英才如滴水穿石，效果雖遲，卻最為深遠。

然而日治以降，鹿港文教漸衰，教育變質。公學校推行「國語普及」，訓練臺灣學生作為殖民體制下的基層執行者，思維受限、靈魂失語，洪繻痛斥其為「以學校聚奴隸者」。除去捍衛民族意識的立場，洪繻提出語言與思想被馴化的深切警告應正視，語言不只是表達的工具，更是思想的疆域，當人們被迫使用統治者的語言，久而久之，不僅無法發聲，更將忘記為何要發聲。

歐威爾的《一九八四》是我常在課堂裡分享的經典，其中描寫的「新語制度」：刪除「bad」這個字，改以「not good」取代，簡化字彙的背後，是為了削去思想的鋒芒。當語言遭到刪減與改寫，「自由」、「反抗」、「懷疑」這些概念也將隨之消亡，人使用設計好的語言，最終思想被格式化，靈魂也被殖民。

文化的養成非朝夕之功，摧毀卻只需一瞬。洪繻心中的日治時代是一場「日本大流感」，不若黑死病般迅猛，卻慢性侵蝕臺灣的文化元氣，我想，他所怒並非只為過去的鹿港，也是為未來的臺灣。而我們呢？站在當下，能否在既有體制中重新撿拾斷裂的文化纖維？當科技獨裁已成既定事實，能否在全球化與資本浪潮下，教會學生認識自己的歷史、辨識自己的位置？教育的本質是啟蒙與思辨，教師們堅守崗位是蚍蜉撼樹的掙扎，還是燎原必要之星火？最終只能留給時間來證明。

> 而是時鹿港通海之水已淺可涉矣，海艟之來，止泊於沖西內津，昔之所謂「鹿港飛帆」者，已不概見矣。綑載之往來，皆以竹筏運赴大艑矣。然是時之竹筏，猶千百數也；衣食於其中者，尚數百家也。迄於今版圖既易，海關之吏猛於虎豹，華貨之不來者有之矣。洎乎火車之路全通，外貨之來由南北而入，不復由鹿港而出矣；重以關稅之苛，關吏之酷，牟販之夫多至破家，而閩貨之不能由南北來者，亦復不敢由鹿港來也。鹽田之築，肇自近年。日本官吏固云欲以阜鹿民也，而其究竟，則實民間之輸巨貲以供官府之收厚利而已。且因是而阻水不行，山潦之來，鹿港人家半入洪浸，屋廬之日就頹毀，人民之日即離散，有由然矣。

原因類別	影響內容（原文）	影響原因	課文原文
自然因素	1海艟之來，止泊於沖西內津 2昔之所謂「鹿港飛帆」者，已不概見矣。 3綑載之往來，皆以竹筏運赴大艑矣。	(A)港口淤塞	時鹿港通海之水已淺可涉矣。
政治因素	1華貨之不來者有之矣。 2牟販之夫多至破家。 3閩貨之不能由南北來者，亦復不敢由鹿港來也。	(B)猛吏與關稅	迄於今版圖既易，海關之吏猛於虎豹。
政治／建設因素	外貨之來由南北而入，不復由鹿港而出矣。	(C)火車通車	火車之路全通。
	1實民間之輸巨貲以供官府之收厚利而已。 2阻水不行。 3屋廬之日就頹毀。	(D)鹽田興築	鹽田之築，肇自近年。日本官吏固云欲以阜鹿民也。

此段落為作者心目中鹿港蕭條的原因：（A）港口淤塞、（B）猛吏與關稅、（C）火車通車、（D）鹽田興築。四個原因裡，洪繻聚焦於政治相關因素，顯見作者對日治怨念之深。

曾經的榮耀可以緬懷，卻不宜耽溺。「鹿港飛帆」作為彰化八景之一，是作者筆下的「昔盛」，陳玉衡曾題詩以睹其盛：

朝潮夕汐盼瀛東，盼得潮來海舶通。片片蒲帆齊出港，依依鷟影欲凌空。
桃花豔捲三春浪，竹箭輕隨一夜風。更有閒情堪入畫，斜陽倒照海門紅。

這是「飛帆」盛況的詩意紀錄，也可透過「盼潮」、「通海」的頻繁提及，側面證實當時港口已出現通航不穩的隱憂，洪繻筆下「泥沙淤積」的歷史現場亦得以略窺一二。當時的政府與士紳看著「通海之水已淺可涉矣」，應該要敲響警鐘，風帆與竹筏可以作為一時過渡，為了整體發展，應有更長遠的產業升級或轉向計畫。

早在清朝正式設港治理前，鹿港已是「大航海時代」亞東地區貿易航線上的重要商港，然而仰賴運輸之便而崛起的港城，泥沙淤積堵塞航道將是難以想像的衝擊。臺灣河川坡陡流急，含沙量較大的河流中下游地貌改變極大，輕則影響當地居民的生活，重則不乏如鹿港般萎靡的城鎮，泥沙不僅淤積了航道，也沖蝕了原先蓬勃的貿易逐漸凋零；有錢賺的地方才有人氣，景氣蕭條是人口負成長的催化劑，因此「拚經濟」幾乎是政治必備的牛肉。

看着蓬勃的城市日漸萎靡的確使人哀慟，但在這座島嶼上，有更多角落比鹿港還沉寂——它們甚至從未經歷過真正的繁榮，便遭歲月無聲覆蓋其名；兒時成長於這些無名小鎮，長大後遍歷各大城市，琳琅的都市榮景如霓光，腦中卻不住地浮現一幕幕模糊的剪影——清明與年節才會擁擠的街道、甚少翻新的老屋，與熄燈後便不再亮起的招牌。鹿港的衰敗在洪繻的筆下被看見，但更多無名小鎮的沉寂，卻連一句註腳都沒有，彷彿從未被期待，也從未被記得。

> 余往年攜友乘桴游於海濱，是時新鹽田未興築，舊鹽田猶未竣工。余亦無心至於隄下，臨海徘徊，海水浮天如笠，一白萬里如銀，滉漾碧綠如琉璃。夕陽欲下，月鉤初上，水鳥不飛，篙工撐棹，向新溝迤邐而行，則密邇鹿港之舊津。向時估帆所出入者，時已淤為沙灘，為居民鋤作菜圃矣。沿新溝而南至於大橋頭，則已挈鹿港之首尾而全觀之矣。望街尾一隅而至安平鎮，則割臺後之飛甍鱗次數百家燬於丙申兵火者，今猶瓦礫成丘，荒涼慘目也。猶幸市況凋零，為當道所不齒，不至於市區改正，破裂闤闠，驅逐人家以為通衢也。然而再經數年，則不可知之矣。滄桑時之可怖心，類如此也。游興已終，舍桴而步，遠近燈火明滅，屈指盛時所號萬家邑者，今裁三千家而已，可勝慨哉？

《論語》：「道不行，乘桴浮於海。」上課時講起此段文字，同學們總是為疊音詞「桴浮」哄堂大笑，就像對著孩子們講話時我們總不自覺地使用疊字：吃飯飯、喝水水，純真的可愛總是使人歡快，「道不行」的陰霾也變淡了些。

士以天下為己任，知識分子的憂國憂民往往流淌在血液中，當社會開始失序，無論身處大艑或竹筏，時代的浪潮一旦湧動，用盡全力才能站穩腳跟，隨便一個浪頭拍下的人多如螻蟻，也許作者也有意諧音「沉浮」，鹿港的興衰牽繫著居民的沉浮，看著萬家燈火思緒淹沒於「遺民」感的喟嘆中。

這段乘桴遊歷所見之景終於不那麼沉重，「海水浮天如笠，一白萬里如銀，滉漾碧綠如琉璃」，景物有動有靜，色彩斑爛層層推展，以畫面之美襯滄桑之痛，燈火明滅間，從海濱到舊津，從街尾至安平，用眼睛攝下影像，然後提筆以文字標示航道。同學們寫作時，應學著設定敘事的「起點」與「終點」，安排畫面感的起伏、鋪陳意象的節奏，用對比顯現時間的重量，用細節織就情感的轉折。作者的敘事時間軸凌亂，無論是有意或無心，對我而言，這是個讓同學認識「時間」之於文章重要性的好機會：寫作不該只是記錄當下，亦應反思過去、扣問未來。

〈鹿港乘桴記〉的沉痛，來自洪繻對家鄉的深情依戀。我羨慕那樣的情感，因為自己似乎從未真正擁有過。當有人問及：「你是哪裡人？」我總說：「雲林人。」但若再追問一句：「雲林哪裡？」我往往答不上來。前半生近乎顛沛，十八歲以前在西螺、斗南與斗六之間流轉，大學時期於臺中半工半讀，畢業後執教於雙北，未屆三十，又展開了南北往返的補教人生。細細算來，我竟從未在同一個地方停留超過六年。

唯有教育與我「共生」，從學生時期到成為老師，未曾離開過教育現場。因此我的依戀之所，不在土地，而在教學。學生們的困惑、成長、回應與反饋，為我留住時間，也為我留下位置，儘管人生不斷遷徙，教學卻如靜水流深，我安身立命的憑藉不是感官可及的空間，而是這看不見卻真實存在的教學場域。令洪繻黯然神傷難以勝慨的也是這樣的依戀吧？感受到教育裡貧富差距之限而一直想做點什麼的我，想捍衛的其實也是自己的「家園」，洪繻眼前的荒涼慘目，又怎可能無動於衷？

武陵漁夫「舍船」入桃源，而洪繻「舍桴而步」無處可遁，他痛斥的政權已逝，猛吏淡出政壇，取而代之的是笑匠或拳擊手，嚴苛的關稅成為全球議題，導致鹿港喪失運輸霸主之位的鐵路，如今也面臨「高鐵」這強敵。變遷就是這樣，在你還沒意會過來時，改變已全面來襲，我們除了接受與適應別無他法，唯有試著在苦中開出花，就像這篇在教育現場評價不一的選文，若論文學性質的確有更多佳篇，但在更為注重「實用性」的新課綱精神裡，〈鹿港乘桴記〉也許能讓我們學會遇到課題不抱怨，懂得思考並應對，成為一個「具有解決問題能力的人」。

生命中的偶然與必然——曌見〈赤壁賦〉

作為東坡的代表作，〈赤壁賦〉堪稱是學子心中又愛又恨第一名了。從部編版走到一綱多本，歷經無數次課綱的調整，始終雄踞於課綱選文中。身為文人，這是必讀經典；對於學子，閱歷尚淺的他們往往困於宏肆優美卻不易理解的文字之中。

這樣的一篇美文，求學階段的我專注的是其字句章法，也許是太年輕吧？真正靈魂所在的主客問答段落，卻是課堂上開始出神的段落，記憶甚是模糊，反而是在自己的執教生涯裡，為了能讓孩子們理解，反覆揣摩後，歲歲年年有著隨時光增長的體悟。

臺灣的孩子們很可愛，大部分的孩子對於老師的教導是照單全收的。記得任教於國際學校時，曾有外師詢問過我，他來臺灣已逾三年，為何每次當他打招呼：「How are you?」收到的回覆幾乎都是：I'm fine thank you.」即便眼角還掛著淚痕。當下不禁反省了自己腦海裡想得到的也是這句，隨後與該師聊到了臺灣英文課本，至今還記得他提及語言的本質是溝通，應該是互動式及開放式的，才能看見孩子們的創意與活力，雖然聊的是英文課本，卻促使我反省了自己的教學模式，於是於民國一〇六年便開始規劃開放式的主題式課程。

就像英文對話裡永遠的「I'm fine, thank you.」，國文課堂上許多本屬開放式的問題，總有超越城鄉差距的共同回答：

「來，給我一句出自《論語》的句子。」

「學而時習之，不亦說乎——」這是每問必出現的答案。

「來，給我一句與月亮有關的詩句。」

「床前明月光。」也算是個不負眾望的標準答案了。

無怪乎當新課綱上路，作文比重加重，孩子們需要使用古人為例時，內容也總是驚人地相似。蘇軾可稱是孩子們的愛用文人榜前三，作文題目與逆境、挫折相關時，東坡的出場概率高達五成（當然前提是以有使用典故為基準）。一〇七學年學度學測模擬考試題題目為「謠言之惡」時，蘇軾更是以經歷烏臺詩案入文。更常有同學是受到了各式謠言之苦後，於棉被中哭泣時思及東坡的曠達因而豁然開朗，閱卷的當下總不免浮起許多問號：「怎麼這麼多人被誣賴偷錢？」（是剛好被誣賴偷錢的都聚集在我的國文班上嗎？）「高中生哭著哭著突然想起東坡是正常的嗎？」（這題有學生表示因為棉被很「舒適」（諧音蘇軾），蘇軾圈是個由孩子們教會我的哏，由此亦可窺見其於學生心中的地位。）

也曾想過這樣高出現率的文人，是不是該讓孩子們另擇其他名家事例運用？不過願意試著運用古人為論據已值得嘉許，那麼便透過每年必授的〈赤壁賦〉替孩子們剪裁出更合宜的文意與字句，不再只是空洞地提及蘇軾的豁達，更甚之，能略微領悟到何謂「也無風雨也無晴」。

壬戌之秋，七月既望，蘇子與客泛舟遊于赤壁之下。清風徐來，水波不興。舉酒屬客，誦明月之詩，歌窈窕之章。少焉，月出於東山之上，徘徊於斗牛之

> 間。白露橫江，水光接天。縱一葦之所如，凌萬頃之茫然。浩浩乎如馮虛御風，而不知其所止；飄飄乎如遺世獨立，羽化而登僊。

四大韻文：漢賦、唐詩、宋詞、元曲。其中唐詩必然最早進入孩子們的世界，幼兒園甚至是學齡前，便透過照顧者開始澆灌孩子們，埋下文學的種子；國中時接觸詩詞曲，課程裡引導賞析，佐以格律的介紹，多了答題的壓力，也算是許多孩子們眼裡的苦差事；賦體文章則是在高中時登場，藉〈赤壁賦〉讓孩子們領略其介於詩、文之間的魅力。

賦體兩大特色：描寫鋪陳與主客問答。「國語文寫作能力測驗」裡，描寫鋪陳不似故事取材那樣可以瞬間抓住評審目光。鋪陳似刀工，不蔓不枝才能使文氣流暢，就像相同的食材，在良廚精妙的刀法下可增添巧妙口感，相反地，刀功不佳，即便是龍肝鳳髓亦將因其失色不少。

記體文章標準起手式——人事時地物，看似簡單的由景入情，取景的巧思與景象的鋪排，對文氣的影響舉足輕重。前〈赤壁賦〉以水月為喻之巧妙，在首段即可窺見幾點巧思。

寫時日以「既望」代「十六」，自己於求學階段也僅是將課文底下的注釋畫線，教學相長，對於註解與詮釋文本才開始加入自己的揣摩：比起「十六」，「望」字更能帶出十五月圓之畫面，一個「既」字，可以是已然消逝的悵惘，亦可以是既濟卦的安定。

水波不興，點明眼前平靜的赤鼻磯，此時的蘇軾，心境亦如眼前之景般悠然，透過景物烘托人物情緒，抽象的七情六欲便可顯得更鮮明。眼前這樣「白露橫江，水光接天」的遼闊，亦容易使人迷惘失去方向，看似平靜的水面之下，暗藏著洶湧也未可知。

主客問答為「賦」裡極關鍵的特色，「楚辭開漢賦之先河」，我想透過〈赤壁賦〉的導讀，是極適宜讓學子們揣摩其意的。早在〈漁父〉裡以屈原和漁父的問答，闡述擇善固執與明哲保身兩種人生態度，漢賦之後，主客對話便成為辭賦通體。

身為學子心目中最「實用」的文人，賜給孩子們端午佳節的屈原，在幼教階段便開始進入其視野，國小時班級經營往往搭配節慶活動，每每於學習單或美術作品中接觸部分的屈原生平，然而「死亡」的意象對此階段的學生應仍屬純粹詞彙，屈原作品的深沉是中學才能試著讓其略窺一二。

〈漁父〉裡揭示了兩種截然不同的人生觀，以漁父的灑脫突顯屈原的執著；然而價值觀的養成又豈是剎那生滅？漁父是否真有其人？恰如洞簫客的真實身分——我想無論是誰都不是重點，他們的背後都是我們面臨抉擇時的另一道聲音，人生路途裡的一道道課題，能夠輕易決斷的也非難題了，於是總不免一次又一次的拉扯，於無數個無眠的夜裡擺盪。

「選擇」是作文題目出現率極高的一個主題，如：生命中的彎路、我選擇化做⋯⋯、我看虞姬的抉擇⋯⋯等，是讓孩子們提前適應社會的訓練。畢竟成年人的難題不再是sin、cos能解，更沒有練習重來的容錯率。

然而孩子們的幸福也往往反應在作文取材時：

「請分享一下你最近一次的重大抉擇？」

「呃⋯⋯今天早餐不知道要選蛋餅還是三明治。」

「好喔——是什麼讓你兩難呢？」雖然是個不太適合成為主力素材的生活片段，還是得嘉獎一下願意參與課堂討論的高中生。

「因為一個太乾一個太油。」這個理由給過。

「那就來個三明治夾蛋餅吧！」老師提出不負責解方，班上頓時陷入早餐百家爭鳴。

「那你呢？分享一下印象最深刻的選擇，也可以是到現在還困擾著你，無法決定的。」

「有兩個女生差不多時間告白，我不知道要選哪一個……」底下坐著海王潛力股，課堂果然掀起另一波熱浪。

國文老師就像廚師，無論孩子們提供什麼食材（素材），我們都要將其調味烹調成佳肴，在討論、書寫、批改、重寫，這樣依序往復的循環中，剪裁成文。

端得出食材的孩子還是好的，最怕一片空白回不知道的，這樣的孩子在寫作時，每每是對著稿紙發呆到收卷，彷彿眼前是一面魔鏡，相看兩不厭，旁有老師淚千行。

於是飲酒樂甚，扣舷而歌之。歌曰：「桂棹兮蘭槳，擊空明兮泝流光；渺渺兮予懷，望美人兮天一方。」客有吹洞簫者，倚歌而和之。其聲嗚嗚然，如怨如慕，如泣如訴；餘音嫋嫋，不絕如縷，舞幽壑之潛蛟，泣孤舟之嫠婦。

此段「由樂而悲」，是全文轉折段，也是同學們最不擅長處理的段落，有時為了將故事交代清楚而顯得流水帳，有時則是交待不清直接跳過而顯得牛頭不對馬嘴，此段不蔓不枝，是極佳的轉折段示範。

首句直接點明樂字——一邊飲酒一邊唱歌，同時敲擊著船身打著節拍，歡快的氣氛要如何直接轉悲而不突兀？歌詞裡其實已流露一二。

桂木爲棹，蘭木為槳，棹其實就是船槳，桂與蘭都是香木，「桂折蘭摧」一詞輓品德高尚之人喪，以香花香草喻君子品德由來已久，楚辭裡更是屢見香草美人的政治意象，這段歌詞裡「遠謫異鄉遙念君王」之意也躍然紙上了。

童年時無憂，偶有不開心，哭著哭著也就笑了；成年後負重前行，一個不小心，笑著笑著就哭了。「詩，可以興，可以觀，可以群，可以怨。」一個「興」字不僅能作「感發意志」解，聯想的感染力也無窮。

船槳拍擊著水中月影，於隨波流動的月光中逆流而上，思緒千回百轉，像泛起的漣漪，悠遠綿長，心裡掛念著遠在天邊的某人——可以是不在身畔的愛人，可以是春樹暮雲的知己，更可能是長安不見使人愁的君王。此時以洞簫客的簫聲鋪陳，更進一步以譬喻法及使動句，使抽象的旋律與愁緒更具體，也因此段，胡適將〈赤壁賦〉與〈秋聲賦〉、〈琵琶行〉、〈明湖居聽書〉並列為中國四大摹聲名篇。

許多同學對於使用聽覺摹寫，往往停留在「狀聲詞」甚至是「依聲造詞」。曾有一次作文題目是「最難忘的一趟旅程」，同學以這招起手式：「摳泥擠哇勾逮以馬嘶……」成了我心頭最難忘的一篇學生遊記。還記得乍見此篇，以為自己是深夜閱卷太累老眼昏花，眼前竟出現亂碼？直到唸出聲來才頓悟這是孩子在使用聽覺摹寫，真是啼笑皆非。

利用四大摹聲名篇練習狀擬聲音的文句，寫作時需要摹寫聲音便不致搜索枯腸。一一三學年度模擬考題的〈韓熙載夜宴圖〉，考倒同學的不僅是須看圖說故事，題目更附上明確指令：「起首務必以『這一夜，伴隨李家明之妹靈動的琵琶聲……』進行敘寫，並編寫一則故事，內容須包含角色、對白、情節等三要素。」批改此篇時只能說各種尷尬。

> 蘇子愀然，正襟危坐而問客曰：「何為其然也？」客曰：「月明星稀，烏鵲南飛」，此非曹孟德之詩乎？西望夏口，東望武昌，山川相繆，鬱乎蒼蒼，此非

孟德之困于周郎者乎？方其破荊州，下江陵，順流而東也，舳艫千里，旌旗蔽空，釃酒臨江，橫槊賦詩，固一世之雄也，而今安在哉？況吾與子漁樵于江渚之上，侶魚蝦而友麋鹿，駕一葉之扁舟，舉匏樽以相屬。寄蜉蝣於天地，渺滄海之一粟，哀吾生之須臾，羨長江之無窮。挾飛仙以遨遊，抱明月而長終。知不可乎驟得，託遺響於悲風。

除了以「愀然」一詞直接寫出蘇子神情的嚴肅，更搭配「正襟危坐」的動作，以身體語言表現出鄭重之情，帶出後文理性的思考。東坡作品之所以膾炙人口，意象的運用巧妙也是極關鍵的一環，〈赤壁賦〉以水、月為喻，是初學此文時的幾個重要知識點之一，然而真正領略其妙卻是於執教多年後。

綜觀全文，水與月貫穿全文，出場由首段純粹記時與敘景，進入次段時巧妙以「空明（月亮於水中的倒影）」與「流光（倒映於江水隨波蕩漾的月光）」綴於歌詞中，第三段洞簫客的慨嘆自曹操的〈短歌行〉而起。〈短歌行〉不乏名句，此處擷取「月明星稀，烏鵲南飛」，叱吒風雲的一世梟雄亦曾對月興嘆，不僅可引出「浪花淘盡英雄」之喟，更有「今人不見古時月，今月曾經照古人」之感。

明月不僅常現蹤於蘇軾作品中，也是古今中外許多騷人墨客愛用的意象，李白把酒問月中以巧妙的回文帶出時光荏苒，同時，也藉著月與人引出宇宙永恆對比人生苦短——明月亙古長存，人生卻難滿百。〈赤壁賦〉頗有異曲同工之妙，且更進一步以賦體的優勢，由月景生情入理，融寫景、抒情、議論於一體。

「舳艫千里，旌旗蔽空」以誇飾法極力突顯軍容雄壯之盛況，允文允武、叱吒三國的曹孟德「而今安在哉？」曾經使歐陽脩云：「吾當避此人出一頭地」的一代文豪，如今與漁夫樵夫又有何異？

無論是感慨人生苦短，如朝生夕死蜉蝣般的一生，或是相較天地遼闊，自慚於人之渺若微塵，自古至今，人們面對宇宙的浩瀚，是代代無解的無奈、遺憾與敬畏。此段借洞簫客之口提出人生三個大哉問：古今多少英雄豪傑難敵時光無情？時光最是無情卻也最公平，然而，死亡雖是共同的終點，至少豪傑人物還曾為「一世之雄」，我們這些平凡的小人物又能留下什麼？相較長江的無窮，人的一生不僅短暫而且渺小，明知難以克服時空的限制卻仍須「向死而生」？

課堂進入此段時，不免與同學們討論起「出生入死」的議題，他們印象中的「出生入死」大多停留在「赴湯蹈火」的同義詞，提及典故出自老子後，同學們將其理解為「人從出生就開始等死」，他們心中的道家關鍵詞「無為」差不多是耍廢的同義詞，總是得不斷透過合適的文本引導學子一窺「和光同塵」的智慧，以免他們真將老莊精髓理解為「努力不一定會成功，但不努力一定很輕鬆」。

蘇子曰：「客亦知夫水與月乎？逝者如斯，而未嘗往也；盈虛者如彼，而卒莫消長也。蓋將自其變者而觀之，則天地曾不能以一瞬；自其不變者而觀之，則物與我皆無盡也，而又何羨乎？且夫天地之間，物各有主，苟非吾之所有，雖一毫而莫取，惟江上之清風，與山間之明月，耳得之而為聲，目遇之而成色；取之無禁，用之不竭。是造物者之無盡藏也，而吾與子之所共食。」

如何破除前段濃重的感慨與悲嘆？蘇子以水、月為喻，說明萬物常與變之理——世間不變的真理便是時時刻刻都在變動。「逝者」是時光，也是江水，是眼前的江水，也是孔子臨川所見「不舍晝夜」的河水，這樣分分秒秒滾滾而去的水流，卻「未嘗往」──不見孔子，可見川水；不見蘇子，可見江水。

「盈虛者」一詞，使月亮的陰晴圓缺歷歷於前，月盈則虧，也讓人想起持盈保泰本非易事──人無千日好，開到荼蘼花事了。我們總試圖以月有陰晴圓缺，寬慰人生難免的悲歡離合，然而走過無數個月盈月缺，月亮「卒莫消長」，人們卻像那墜入河流中的葉，任時光沖蝕、於紅塵漂泊，最終消解於天地一隅。

此段的變與不變之辯證，教學時必然會提及其中透出的〈齊物論〉思想，然而對同學而言，以文言文解釋文言文，只會讓大家更顯混亂，但道家與儒家同為中國思想濫觴，相較儒家思想，進入學子視野的時間往往較晚，更容易因課程時間安排壓縮了學習的時間，甚難深入探討。「得意時儒家，失意時道家」，道家思想匆匆帶過是很可惜的，畢竟「短的是人生，長的是磨難」，人生的許多風風雨雨，還得將老莊思想織成簑衣伴己前行。

「方生方死，方死方生」，生與死看似是對立的兩個概念，莊子卻直指其同時並起也同時幻滅的狀態——就像草木枯萎是其「榮」之死，卻同時也是其「枯」之生，生與死看似是兩個概念，實則為一體兩面，調整了這個概念，便可以練習「轉換視角」。世人都稱蘇軾豁達，然而若要真正汲取箇中智慧為己所用，莊學與佛家對蘇軾的影響也是我們須參照了解的。

「蓋將自其變者而觀之，則天地曾不能以一瞬；自其不變者而觀之，則物與我皆無盡也」，此段「變與不變」的辯證是老師們教學的關鍵段，剛開始教書時，總急著註解字義，希望讓同學理解文意，然而這段話無論怎麼翻譯，總是愈翻愈使同學迷糊，索性我便由〈齊物論〉「方生方死」開始詮釋起，同學們的眼神終於從迷惘轉而能聚焦，雖然緊接著的「方可方不可」往往引發一波飲料店名由來之爭，卻也使得主客問答段帶來的沉重減輕了不少。

理解了變與不變其實取決於自己的視角，蘇軾以「觀」字精準地點出豁達的關鍵，從「靜觀萬物」到「坐看雲起時」，當改變不了周遭環境，突破不了現況，我們還能保有自己的心，開闔自己的眼，我們可以決定自己看什麼、不看什麼，如果生活遭意外突襲而千瘡百孔，便試著抬頭望向蒼穹，那兒也許晴空萬里，也許積雲重重，也許偶然掠過鳥兒輕靈的身影，苦難的重量將因這無預警的嬌客減輕不少。

烏臺詩案對於自幼天性聰慧、前半生堪稱一路「開掛」的蘇軾而言，是一重大轉折，相較於原本的仕途亨通，蘇軾算是跌出了政治舞台，然而這一跤，卻也成就了東坡不朽的文學盛名。

「問汝平生功業，黃州惠州儋州」。除可見蘇軾自嘲的幽默，細細探究，這話也言之在理。論官場功名，再盛也僅是一時，相較之下，蘇軾遭貶為黃州團練副使後，一篇接著一篇的名作——前、後〈赤壁賦〉、〈念奴嬌・赤壁懷古〉、〈定風波〉、〈黃州寒食詩帖〉……是一道道象徵著蘇軾文窮而後工的光芒。

若說遭貶黃州是蘇軾生命中的偶然，他卻以智慧與豁達將其轉化為成就三不朽的必然；如果生命中的風雨是必然，能名垂青史的風流人物也許是恰逢關鍵的偶然。成功究竟是偶然還是必然，是自古至今難以定論的大哉問，我想，不執著於結果，把握蜉蝣般的一生，渺若微塵的我們也可自生命無可避免的風雨汲取滋養靈魂的養分。

貶謫文學於中學國文課本裡原本是比重極高的一部分，在新課綱的古文十五僅剩〈赤壁賦〉一篇，不過各家選文及課外閱讀題仍屢見其餘貶謫名篇，解讀文本前總要講解文人背景：

「老師，作家的命是不是都很不好？」

類似的問題出現的次數，在執教生涯絕對是前十，從一開始的愕然到現在的從容以對：

「不是作家的命不好，是在遭逢困頓的大多數人裡，這些作家至少還留下了文字，所以能繼續在國文課本裡折磨著你們。」

哄堂大笑之中，這笑聲恰訴說著孩子們的幸福，至少，他們暫時還不用面對現實無情的風雨。

英雄是一種選擇——曌見〈虬髯客傳〉

常勝將軍，不是攻無不克，而是懂得選戰場；真英雄，也從不只是征服，而是懂得退讓與成全。〈虬髯客傳〉的時空背景是隋末唐興，亂世必然群雄紛起，俠義傳奇卻無刀光劍影的場面，以風塵三俠各自的「選擇」，構成另一種驚心動魄。我們決定不了人生的起點，但透過選擇，我們可以決定自己的終點；大唐天子已杳，人間英雄代出，如果能看透生命的本質是選擇，幸福的軌跡也不再難以辨識。

長揖雄談態自殊，美人巨眼識窮途。
尸居餘氣楊公幕，豈得羈縻女丈夫？

擇偶是攸關一生的大事，事業失敗尚能東山再起，所託非人便是萬劫不復，但傳統封建禮制下，父母之命媒妁之言才是正當婚配。女子自出生便無選擇權，唯有唐代女權才較為開放與自由，除了出現女皇武則天，傳奇小說裡也出現了許多打破性別束縛的豪舉，如聶隱娘與紅線、勇敢追愛的如霍小玉與紅拂。霍小玉傾慕李益才情而錯付終身抑鬱而亡，紅拂的結局停格於李靖「位至左僕射平章事」。對於古代女子而言，可以擇己所愛實屬不易，伴其自一介布衣最終位極人臣，在現代社會裡都是罕見的佳話。

紅拂女究竟看上了李靖的哪一點？這部分算是同學們會熱切討論的議題之一：

「老師，李靖是不是高富帥？」

「身高與長相在文本裡實在找不到判斷依據，但布衣是平民，應該也稱不上『富』唷。」身為老師，就是應該好好回答學生們天馬行空的問題，但看來高富帥應該是現代女子擇偶夢幻指標。

「老師，她這樣擇偶會不會太隨便？」

「婚姻本來就是一場賭博啊！」一位常被我戲稱為擁有老靈魂的孩子搶答了。「老死在那個老摳摳[7]身邊，不如賭一把。」

究竟是因慧眼獨具而謀定後動？抑或是如無數痴男怨女的一見鍾情？選擇可以簡單如一局豪賭，也可以是輾轉無數日夜的利弊權衡。賽局理論自數學領域走入生活，近幾年的討論聲量漸增，我將其視為一種「選擇學」，人生的樣貌是由無數個選擇拼湊而成，所以關於為何而選、如何選，的確需要當成一門學科嚴陣以對。第一次接觸到賽局理論時，我心頭浮現與之相對的是《孫子兵法》，也許是職業病使然，接觸到許多新知識時，仍會試圖探索舊有的知識為橋梁，賽局理論強調「敵我之間」，設身處地於對方立場，以便推測並影響他人行動，與「知己知彼，百戰不殆」的精神頗相符，只是賽局加入了更科學與邏輯的方式，其實《孫子兵法》本身亦是一種精算學，所謂「計」並非空城計那類戲劇性的賭博，絕大多數其實都是一種勝率的計算。

賽局理論假設人是理性人，會精算風險、權衡得失、尋求最有利的出路，但若將這套邏輯套入紅拂的選擇中，似乎又顯得太過冰冷，畢竟這不是一場以利為歸的買賣。人本身

編按：7 老摳摳——老硞硞，臺語形容詞。lāu-khok-khok。形容人很老。

就是最大的變因，識人不清而招致敗亡的史例斑斑，所以漂亮的抉擇必然為人津津樂道、傳誦千古。直諫權臣的勇氣攫住了紅拂的目光，一身布衣亦不減「非池中物」的沉靜與鋒芒，其言滔滔，流露出李靖的志氣、節操與格局，一盞茶的時間便以一生相託也許顯得匆匆，但同床共枕仍異夢的也不在少數，了解一個人在於心，而那並不以時間為單位。

選擇要快狠準，除了一見鍾情，還有另一種可能：紅拂心中其實早有一個白馬王子的輪廓，而就在那「侍婢羅列，頗僭於上」的床前，出現了一道與之暗合的偉岸身影，在權勢滔天卻無「扶危持顛之心」的楊素面前，面無懼色直陳一腔凜然正氣，楊素收其策而無作為，唯有紅拂回以真心，「獨目靖」，一眼就是一輩子，餘生再無他人。

一一四學年度學測國綜試題，混合題摘錄〈虯髯客傳〉片段，搭配《西遊記》改寫為群組對話，除考驗同學們的文本分析能力，也點出了一個有意思的議題：身分框架，題幹提及「凡是理解、思考，都需要概念框架。框架不同的人，很容易雞同鴨講。若不試著接近對方的框架，就無法消除隔閡」。

國文科考試改制以來，我一直認為這是一個極適合所有成人「活到老學到老」的測驗，對於非考生而言，答題正確與否不重要，但透過題目的引導激發思考，其實也是一個頗好的全民運動，畢竟文學就是人性的捕捉，要能悠遊於人世，倚靠文學可以少走不少冤枉路。

對於李靖的「真丈夫」特質，同學們其實也議論頗多，主要是在全文裡除了一開始不畏楊素的剛直形象外，其後再無「符合」同學心目中的大丈夫之舉。

「老師，他很俗辣耶！美女來敲門還在那畏畏縮縮！」

「同學，你這樣很容易被帶去柬埔寨……仙人跳也是要預防的！」詐騙盛行，防人之心不可無。

「會不會他是在枵鬼假細膩[8]？」

透過同學們的疑惑，正好與大家討論紅拂與李靖的互補形象。紅拂夜奔李靖，這般主

編按：8 枵鬼假細膩——臺語俗諺。Iau-kuí ké sè-jī。形容明明嘴饞想吃卻又客氣推辭。諷刺人表裡不一，惺惺作態。

動追愛之舉，即便是現代女性也未必有其勇氣，曾在課堂上問女同學們看到喜歡的對象會不會直直注視對方，絕大多數都是靦腆地搖頭，問及是否願意主動追愛，舉手的同學更是少之又少，半世紀已過，還是有不少臺灣的女孩子善於低頭。

相較於紅拂的果敢，李靖「不自意獲之，益喜懼，瞬息萬慮不安，而窺戶者足無停屨」，就顯得怯懦，但這才恰與其「輔臣」形象相符。當君王是開創型，輔臣必得守成，小心謹慎是良臣特質，若李靖因美色當前便不顧後果，也不會是開國功臣之流了。他的剛直是立足於「禮」，楊公無禮，直言諫之是豪傑所為，但紅拂來奔，非禮制下的父母之命媒妁之言，審慎思考其實才不顯得雙重標準。「禮」於公事不可隨意偏廢，但個人終身大事上可權衡，這也是亂世常見的因時制宜。

人物為小說的靈魂，而「言」與「行」是掌握人物特質的關鍵，李靖聽完紅拂的分析後並非照單全收（「彼尸居餘氣，不足畏也。諸妓知其無成，去者眾矣，彼亦不甚逐也。計之詳矣，幸無疑焉。」）而是先以眼觀（「觀其肌膚、儀狀、言詞、氣性，真天人也。」）後不斷窺探門外動靜，確定了楊素「追討之聲，意亦非峻」，才讓紅拂喬裝「雄服乘馬，排闔而去」，持重審慎的形象躍然紙上。

李靖的深思熟慮與紅拂的機智果敢，互補之下的相得益彰，在「風塵三俠」的訂交經過愈發鮮明。不打不相識的情節，以脣槍舌戰轉譯刀光劍影，由劍拔弩張到惺惺相惜，這不見兵刃的戰場便在溫柔鄉；都說英雄難過美人關，虬髯一出場的「投革囊於爐前，取枕攲臥，看張氏梳頭」是粗獷，也無禮，「自古英雄多好色，未必好色盡英雄」，所以就連漫威系列電影，佳人伴英雄的橋段也必備：索爾與女雷神、鋼鐵人與小辣椒，百鍊鋼成繞指柔，殺戮場面變得悲壯不冰冷。君子不奪人所好，但英雄未必是君子，英雄的退讓只出自於心悅誠服，所以虬髯客對李靖的試煉有三：

	原文	俠者特質	說明
試煉一	「煮者何肉？」 「有酒乎？」	輕利重義。	1 仗義疏財是俠客常見形象，錙銖必較之人必非同道中人。 2 子路「願車馬衣輕裘，與朋友共，敝之而無憾」。

	原文	俠者特質	說明
試煉二	「觀李郎之行，貧士也，何以致斯異人？」	忍辱（情商夠高）。	1 虬髯客出言不遜，但李靖當時確實一介貧士，如何展現人窮志不窮，便是李靖的智慧了。 2 韓信忍胯下之辱。
試煉三	以匕首切心肝，共食之	處變不驚，膽識過人。	1 自古英雄豪傑，必然泰山崩於前而不改其色。 2《世說新語・雅量》謝安下棋與《三國志・關羽傳》關公刮骨皆有異曲同工之妙。

英雄盟約顯若桃園三結義，隱則以「共食心肝」取代歃血，於是放下了彼此的成見：

「觀李郎儀形器宇，真丈夫也。亦知太原有異人乎？」

「老師，虯髯客這樣不算自打嘴巴嗎？」

「貧士與真丈夫不衝突呀！當時的他的確除了紅拂一無所有，但貧富不是衡量『真丈夫』的標準，器量才是。」

「喔——所以他後面才拿紅拂換錢——」這又是什麼誤解神展開？

虯髯客口中的「異人」有二：紅拂與李世民，這個過渡相當巧妙。虯髯慕紅拂，但當確認了李靖也具「英特之才」便退回兄妹之愛，這樣的胸襟也是在為後面退出中原做鋪墊，江山與美人，各方英雄向來是不肯寸讓，然而虯髯客是懂得賽局理論的人，將傷亡納入衡量後，他放棄了「爭奪與逐鹿」這個優勢策略（dominant strategy），以自己的退讓創造納許均衡（Nash equilibrium）。

〈虯髯客傳〉其實是篇政治宣傳文章，風塵三俠的故事旨在烘托「唐有天下，乃天命所歸」，但藝術也常常產生於「美麗的錯誤」中，讓我們在自以為掌握了天道密碼時，警醒了世事仍有不可控的偶然。就像白居易的〈長恨歌〉，感時諷喻之作，卻以唐明皇與楊貴妃的愛情傳唱至今，政治的不堪與戰火的殘酷都遭時間淡化，唯有「上窮碧落下黃泉」的愛情始終扣人心弦。

唐太宗才是主角，然而兩次出場都只是淡寫，不似風塵三俠的極力刻畫，「見首不見尾」的筆法才襯得出真龍天子的神采：

	原文	俠者特質	說明
初登場	既而太宗至，不衫不履，裼裘而來，神氣揚揚，貌與常異。	虯髯默居坐末，見之心死。	初登場聚焦於外（衣著）：只著便衣便鞋，套著披風而至。
二登場	俄而文皇來，精采驚人，長揖就坐，神清氣朗，滿坐風生，顧盼煒如也。	道士一見慘然，斂棋子。	二見聚焦於內：滿座風生為談吐不凡，顧盼煒如則是自靈魂之窗透出光。

「老師，為什麼虬髯客都心死了還要叫師兄看？」這麼長的文本可以讓同學們專注至此，是身為老師的成就感。

「見之心死」是自知之明，「須道兄見之」則是英雄的不甘，能輕易放棄的怎能稱夢想？英雄無畏，初見即逃是怯戰，與人商議則是權衡，放棄個人的優勢策略反而是最佳策略：「此世界非公世界也，他方可圖。勉之，勿以為念！」這個「念」字，纏縛於身則成苦，捨與得、苦與樂其實都只在剎那，一念放下，可得萬般自在。經濟學裡的「沉沒成本」（sunk cost）指已經發生且不可收回的成本，大多數經濟學家們認為，如果人是理性的，那就不該在做決策時考慮沉沒成本，但「損失憎惡」常常使我們忽略了機會成本而做出錯誤決策：小事如花錢買了不理想的課程，因為無法退費而逼著自己浪費更多時間；大者如遇人不淑，卻可惜著過去交往的幾年，將自己困在不快樂的關係裡。

當斷則斷，是虬髯客教會我們的事，事業如此，感情亦是。「此盡寶貨泉貝之數，吾之所有，悉以充贈」。這畫面是全篇最讓我動容之處，就像同學們說的，虬髯要另圖他方，為何不將金銀帶走當資本？除了為凸顯豪傑的輕利重義，也許還有虬髯對紅拂的愛憐，從「櫃中有錢十萬，擇一深隱處駐一妹」，到「一妹以天人之姿，蘊不世之藝，從夫而貴，榮極軒裳。非一妹不能識李郎，非李郎不能遇一妹」。狂放不羈的虬髯對於愛而不得的紅拂，除了傾其所有以相贈，破天荒地發乎情止乎禮，也是發自肺腑的戀慕與疼惜。

一滴水如何才能不乾涸？讓它回歸大海。虬髯客的胸懷，也像這樣一片蔚藍的汪洋。成全不是放棄，是比進攻更艱難的智慧；英雄，不是結果，而是一種姿態——他未必站在高峰，而是在選擇之際不忘初衷，與大局握手言和地轉身，以灑脫創造美麗均衡。

隋煬帝之幸江都，命司空楊素守西京。素驕貴，又以時亂，天下之權重望崇者莫我若也，奢貴自奉，禮異人臣。每公卿入言，賓客上謁，未嘗不踞床而見，令美人捧出，侍婢羅列，頗僭於上。末年愈甚，無復知所負荷、有扶危持顛之心。

一日，衛公李靖以布衣來謁，獻奇策，素亦踞見。靖前揖曰：「天下方亂，英雄競起。公為帝室重臣，須以收羅豪傑為心，不宜踞見賓客。」素斂容而起，與語大悅，收其策而退。

當靖之騁辯也，一妓有殊色，執紅拂立於前，獨目靖。靖既去，而執拂者臨軒，指吏問曰：「去者處士第幾？住何處？」吏具以對，妓頷而去。

靖歸逆旅。其夜五更初，忽聞叩門而聲低者，靖起問焉。乃紫衣戴帽人，杖揭一囊。靖問：「誰？」曰：「妾楊家之紅拂妓也。」靖遽延入。脫衣去帽，乃十八、九佳麗人也。素面華衣而拜，靖驚，答拜。曰：「妾侍楊司空久，閱天下之人多矣，未有如公者。絲蘿非獨生，願託喬木，故來奔耳。」靖曰：「楊司空權重京師，如何？」曰：「彼尸居餘氣，不足畏也。諸妓知其無成，去者眾矣，彼亦不甚逐也。計之詳矣，幸無疑焉。」問其姓，曰：「張。」問伯仲之次，曰：「最長。」觀其肌膚、儀狀、言詞、氣性，真天人也。靖不自意獲之，愈喜愈懼，瞬息萬慮不安，而窺戶者足無停屨。既數日，聞追討之聲，意亦非峻，乃雄服乘馬，排闥而去，將歸太原。

行次靈石旅舍，既設床，爐中烹肉且熟。張氏以髮長委地，立梳床前。靖方刷馬，忽有一人，中形，赤髯而虬，乘蹇驢而來，投革囊於爐前，取枕攲臥，看張氏梳頭。靖怒甚，未決，猶刷馬。張氏熟視其面，一手握髮，一手映身搖示，令勿怒。急急梳頭畢，斂衽前問其姓。臥客答曰：「姓張。」對曰：「妾亦姓張，合是妹。」遽拜之。問：「第幾？」曰：「第三。」因問：「妹第幾？」曰：「最長。」遂喜曰：「今日幸逢一妹。」張氏遙呼曰：「李郎且來拜三兄！」靖驟拜之，遂環坐。曰：「煮者何肉？」曰：「羊肉，計已熟矣。」客曰：「飢甚！」靖出市胡餅。客抽腰間匕首，切肉共食。食竟，餘肉亂切，送驢前食之，甚速。客曰：「觀李郎之行，貧士也，何以致斯異人？」曰：「靖雖貧，亦有心者焉。他人見問，固不言，兄之問，則無隱耳。」具言其由。曰：「然則將何之？」曰：「將避地太原耳。」客曰：「然，吾故謂非君所能致也。」曰：「有酒乎？」靖曰：「主人西則酒肆也。」靖取酒一斗，酒既巡，客曰：「吾有少下酒物，李郎能同之乎？」靖曰：「不敢。」於是開革囊，取一人頭並心肝，卻收頭囊中，以匕首切心肝，共食之。曰：「此人乃天下負心者也，銜之十年，今始獲之，吾憾釋矣。」又曰：「觀李郎儀形器宇，真丈夫也。亦知太原有異人乎？」曰：「嘗見一人，愚謂之真人，其餘，將相而已。」曰：「何姓？」曰：「靖之同姓。」曰：「年幾？」曰：「近二十。」曰：「今何為？」曰：「州將之愛子也。」曰：「似矣，亦須見之，李郎能致吾一見否？」曰：

「靖之友劉文靜者與之狎，因文靜見之可也。兄欲何為？」曰：「望氣者言太原有奇氣，使吾訪之。李郎明發，何日到太原？」靖計之，曰：「某日當到。」曰：「達之明日，方曙，候我於汾陽橋。」言訖，乘驢而去，其行若飛，回顧已失。靖與張氏且驚懼，久之，曰：「烈士不欺人，固無畏。」促鞭而行。

及期，入太原候之，果復相見，大喜，偕詣劉氏，詐謂文靜曰：「有善相者思見郎君，請迎之。」文靜素奇其人，一旦聞有客善相，遽置酒延焉。既而太宗至，不衫不履，裼裘而來，神氣揚揚，貌與常異。虯髯默居坐末，見之心死。飲數巡，起招靖曰：「真天子也！」靖以告劉，劉益喜，自負。既出，而虯髯曰：「吾見之，十八九定矣，然須道兄見之，李郎宜與一妹復入京。某日午時，訪我於馬行東酒樓下，下有此驢及一瘦騾，即我與道兄俱在其上矣，到即登焉。」又別而去，公與張氏復應之。及期訪焉，即見二乘。攬衣登樓，虯髯與一道士方對飲，見靖驚喜，召坐，環飲十數巡，曰：「樓下櫃中有錢十萬，擇一深隱處駐一妹，某日復會我於汾陽橋。」

如期至，道士與虯髯已先坐矣。俱謁文靜，時方弈棋，起揖而語。少焉，文靜飛書迎文皇看棋。道士對弈，虬髯與靖旁侍焉。俄而文皇來，精采驚人，長揖就坐，神清氣朗，滿坐風生，顧盼煒如也。道士一見慘然，斂棋子曰：「此局全輸矣！於此失卻局哉！救無路矣！復奚言！」罷弈，請去。既出，謂虬髯曰：「此世界非公世界也，他方可圖。勉之，勿以為念！」因共入京。虬髯曰：「計李郎之程，某日方到。到之明日，可與一妹同詣某坊曲小宅相訪。李郎相從，一妹懸然如磬，欲令新婦祇謁，兼議從容，無前卻也。」言畢，吁嗟而去。

靖策馬而歸，即到京，遂與張氏同往，乃一小板門，叩之。有應者，拜曰：「三郎令候李郎、一娘子久矣。」延入重門，門益壯麗。婢四十人羅列庭前，奴二十人引靖入東廳。廳之陳設，窮極珍異，巾箱、妝奩、冠鏡、首飾之盛，非人間之物。巾櫛妝飾畢，請更衣，衣又珍奇。既畢，傳云：「三郎來！」乃虬髯紗帽裼裘而來，有龍虎之姿。歡然相見，催其妻出拜，蓋亦天人也。遂延中堂，陳設盤筵之盛，雖王公家不侔也。四人對饌訖，陳女樂二十人，列奏於前，似從天降，非人間之曲度。食畢，行酒。家人自堂東舁出二十床，各以錦繡帕覆之，既陳，盡去其帕，乃文簿、鎖匙耳。虬髯曰：「此盡寶貨泉貝之數，吾之所有，悉以充贈。何者？某本欲於此世界求事，或當龍戰三二十載，建少功業。今既有主，住亦何為？太原李氏真英主也。三五年內，即當太平。李郎以英特之才，輔清平之主，竭心盡善，必極人臣。一妹以天人之姿，蘊不世之藝，從夫而貴，榮極軒裳。非一妹不能識李郎，非李郎不能榮一妹。聖賢起陸之漸，際會如期，虎嘯風生，龍吟雲萃，固非偶然也。持余之贈，以佐真主，贊功業。勉之哉！此後十餘年，東南數千里外有異事，是吾得志之秋也，一妹與李郎可瀝酒東南相賀。」因命家童列拜，曰：「李郎、一妹，是汝主也。」言訖，與其妻從一奴乘馬而去，數步，遂不復見。

靖據其宅，乃為豪家，得以助文皇締構之資，遂匡天下。

貞觀十年，靖位至左僕射平章事，適東南蠻入奏曰：「有海船千艘，甲兵十萬，入扶餘國，殺其主自立，國已定矣。」靖知虯髯得事也，歸告張氏，具禮拜賀，瀝酒東南祝拜之。乃知真人之興也，非英雄所冀，況非英雄者乎？人臣之謬思亂者，乃螳臂之拒走輪耳。我皇家垂福萬葉，豈虛然哉！或曰：「衛公之兵法，半是虯髯所傳也。」

冬之卷——期待

期待是雨後天霽的七彩，那樣的絢麗只在天邊，不能下凡；期待一如兒時繽紛蓬軟的棉花糖，是專屬週六的愉快。

記憶裡的日常是脫不過刺鼻的油漆味的。衣服上、手上沾染的各式油彩，是養活一家五口的痕跡。一個顏色能賺五毛錢，然後在日以繼夜的拓印裡，攢成一個家。曾欣羨同學們鞋子上有鉤，曾怨嘆放了學後便得返家幫忙。然而每週六的期待，可以使人忘卻一週的艱苦。

「哲」夜市是為了瀰漫好幾里的香？抑或是便當之外的美味？其實印象裡，棉花糖是只可遠觀的，也許是因為不健康？也許因為不能飽腹？總之，那是我兒時的愛馬仕。步行前往夜市的路是沒有路燈的，一向怕黑的我竟也不怕了，遠處夜市空地上方的天空彷彿績下了夕照，只有那角的夜幕是透著橘紅的。快步似奔的腳步，洩漏出心裡的期待，與弟妹間的笑語已記不清，但那種興奮得語焉不詳的愉悅，至今想起仍能勾起脣畔微笑。

貪戀城市霓虹離了家、痴迷名利出了鄉，都市叢林打滾十載，初衷已然蒙塵，直至名韁利鎖銷蝕身心，才在遍體鱗傷中想起——想起背井離鄉之際，熱情與夢想一如兒時渴望的絢麗棉花糖；蓬軟之下是逃避，逃避那沒日沒夜的工作，逃避想起掙扎於生存線上，載浮載沉。甫至都市，夜市成了我不願接近的場域，彷彿只有百貨公司亮晶晶的櫥窗才能掩去我的草根味，才能掩去自兒時便縈繞身畔、揮之不去的油漆刺鼻味。

「無明所覆，愛緣所繫」，步入中年的我，終於看見自己的無明，然而驀然回首，燈火處已無棉花糖攤，取而代之的是日式百貨架上整齊劃一的包裝棉花糖——蓬軟相似，失去了天霽後虹似的美麗，亦也失去了天馬行空的自由，一如紅塵中的你我。糖絲化開的甜膩，掩不了回不去的惆悵。

雨後的虹只能在天際，一如棉花糖的美好只能封存於記憶一隅，也許，人生便是背負著期待落空的惆悵，還得噙著微笑，前行。

口中穗．世間音——曌見〈勸和論〉

曾以為自己是典型的「格物致知派」。識字前，我就喜歡緊抓別人會忽略的細節不放，若是從大人口中得不到答案，便自顧自胡亂拆解與分析，總之一定得找出個所以然來。上學後，認得的字累積增多，對每個字的構造與來歷尤其著迷，總愛追根究柢，這個習慣持續至今。

不過，我看書的習慣卻頗雜食，除古今中外必讀的經典，與文學密不可分的哲學與史學也佔據了兩個牆面，經濟、心理、國際情勢也很吸引我，相關書籍量也佔據了一面書架，科學與數學相關書籍也不少。書海浩瀚，除了幾部極度喜愛的經典須反覆探究與閱讀，大部分的書看完就擺在架上，往往是到年度規劃課程時，偶然想起時翻閱用，一直以來的主題式課程講求融會貫通，頗似陶淵明的不求甚解，此時的我又近乎陸王的「心即理」。

理學中，「程朱」與「陸王」的分野，不啻為儒家思想內部的兩條大道——一條重格物窮理之「理路」，一條信知行合一之「心路」。二者互為照映，各擅勝場；若連白紙黑字的世界都有分派、有歧異，那麼，「分化」會不會是來自太極生兩儀的必然。

行文至此，不自覺想起前幾日舍妹告訴我的地獄哏：

「猜猜彼得兔的爸爸在哪裡？」畫面中站著的明顯是媽媽，彼得兔和手足們坐在餐桌，卻看不見具父親特徵的兔子。

「你看，在這裡。」妹妹指著牆上掛著的一張畫，我定睛一看：

「這明明是派啊？」

「不，這是爸爸。」此時她補上背景故事：彼得兔的爸爸因為偷菜被隔壁麥奎格夫婦做成兔肉派，所以彼得兔的家族譜上父親的位置也是一塊派。

這荒謬而殘酷的幽默，竟讓我忍不住笑出聲。人總愛分派、結黨，自以為理清天下，卻常不自覺成為分類體系的獵物，彼得兔的爸爸被做成派，躋身「這一派」——這難道不是一篇黑色幽默的諷世寓言？哲學分派也好，思想貼標也罷，這一條條的界線，不過是人類試圖安頓焦慮自設的秩序；而界線之外，那些無從歸檔的錯愕與悲喜，才是人性真正的現場。

鄭用錫於〈勸和論〉開篇即警示：「甚矣，人心之變也！自分類始。」人們似乎沒聽進多少。學術上的分類為求簡化，以便窮理致知，卻也常因此掀起口水論戰，如紅學裡的擁薛派與擁林派；近幾年頗夯的Ｅ人Ｉ人也是一種分類，已經可以算是較和平的一種分類。人喜分化，以為滾滾紅塵能一剖二分，我們以為劃分可以帶來清晰，卻忘記了劃分的當下就是分裂的起點。當「理」與「心」失衡，當「分類」遮蔽了「理解」，當「分派」勝過了「共感」，「和」也就失其所依。

《說文解字》：「和，相應也。從口禾，禾聲。」禾象豐饒，口為言說，「和」便是口舌與五穀之間的默契，是語言能通、情感能生的狀態，只要溝通的管道順暢，人的心也能像秋天的禾穗，飽滿而柔順。

「和」字的諸義裡，與聲音相關算是滿多的：《詩・商頌・那》「既和且平」，《詩・小雅．蓼蕭》「和鸞雝雝」，美好的聲音可使人心情愉悅，因此「溫柔敦厚，詩教也」是延續至今的教育界共識，臺灣小學生人手一隻的「直笛」，是演奏了數千年的和風。

然而，樂音使人樂，惡語傷人無形卻剜心，人們總說「吵架時無好話」，但吵架的原因又是為了什麼？惡語是自衛的武器，還是傷人的利刃？到頭來還是取決於出言者的「心」，紛爭之釁來自利益，但直到親歷人性晦暗才知道自己輕看了「利益」一詞，對於小人而言，為了蠅頭小利傷天害理是家常便飯，即便無利可圖，他們仍可逞凶，為的只是自己的舒心。網路的出現增加了報章媒體的載體，更多新聞得以進入眾人視野，使人揪心的虐童案，其實並非「新聞」，許多惡行存在已久，只是尚未浮上檯面。犯罪心理學是為找出加害者動機，傷害毫無還手之力的幼童，如果只是純然為取樂呢？深入挖掘得出結論是人心的冷硬時，我們還能做些什麼？

人們對知識的探究應該是為創造更好的生活環境，器物的改良可以提高舒適度，但人性才是環境是否宜居的關鍵，胸懷天下之士就像人性溫度計，當亂象叢生，率先示警便是靠著知識分子之筆。淡水廳開闢以後，械鬥頻繁，開臺進士鄭用錫認為「禦暴必藉範圍，安民全資捍衛」，與士紳們共築石城，城牆可守一方，但人心之亂仍未平，全臺局勢不安；咸豐三年（西元一八五三年）因糧食引發的民怨演變為漳泉械鬥，同年五月鄭用錫寫下〈勸和論〉，開誠佈公希望各族群不分你我，和諧共處，文末的期許剴切「譬如人身血脈，節節相通，自無病。數年以後，仍成樂土，豈不休哉！」

對照今日景況，尤令人唏噓。彼時之「勸和」，尚以血緣為紐帶，〈勸和論〉第二段援引子夏之言：「四海之內皆兄弟。」第三段又言：「夫人未有不親其所親，而能親其所疏。」此中「兄弟」、「親疏」，皆立基於儒家的愛有等差——「老吾老以及人之老，幼吾幼以及人之幼」。這是一種推己及人的理想，但現實中，仍有不少人對血親無感、對自家長輩不敬、對年幼者毫無憐憫，如此人心，又談何「四海皆兄弟」？

俗諺有云：家和萬事興，但自幼經歷的是一眾親戚的「不和」，輕則如剃刀片般的刻薄言語，重者拳腳相向也非罕事，吵架時的聲音刺耳，拔高的聲調與大嗓門，像指甲不經意刮到黑板那般使人悚然，是聲音使人不舒服，還是因為其後隱藏的惡意？答案也許是以上皆是。輾轉待過不少親戚家，屋宇相去無幾，低氣壓也相似，每當衝突爆發，怒火與怨氣焦灼著所有人，老幼亦無可倖免，「家」字象徵的富足與安定似乎與我絕緣。引起他們爭執的原因已無從考究，那些怖懼卻未曾遠離，一入睡便是無止盡的惡夢，像關不掉的恐怖片，即便醫療再發達，至人無夢仍是遙不可及的夢想。

一次次被扔入黑暗的恐懼，習慣後反成了一種安心的寄託。白流蘇試圖以光填滿寂寞，我在黑暗裡擁抱童年，比起沒有陽光照拂的黑，我更怕人性的黑。所以我怕吵也怕人，這習慣直到長大只是變本加厲，交際應酬的場合能避則避，觥籌交錯的歡聲笑語裡夾藏著多少惡意與算計，至今我仍辨不清也算不明。

夫妻無法琴瑟和鳴時，家庭又怎可能幸福美滿又安康？鄭用錫當時面對的械鬥，階級為遠因，地域為近因，究其根本其實還是利益衝突。但近年來臺灣的對立已從政治、宗教、貧富……演變至男女的割裂，有人說「臺男」軟弱沒擔當，有人說是「臺女」女權自助餐，當這些名詞出現，男女之間的割裂，是不是也是一種不見血的械鬥？「自分類興，而元氣剝削殆盡，未有如去年之甚也，干戈之禍愈烈，村市半成邱墟」。分類如匕首，劃分彼此時，群體的元氣也將隨著割痕而流逝。清領時期的械鬥使地方面目全非，如今男女之間的對立若繼續加劇，離婚與不婚的比率屢創新高也是想當然爾，家不成家，何以為國？

理想與現實的落差使人「不平則鳴」，彼此的思想落差，將成為溝通時的波瀾。記得曾有學者說過：「人和人之間的差異，遠大於人與類人猿。」欲達「人和」便得好好相處，便得接納與自己不同的聲音，「不分彼此」太難，但我們可以互相理解、尊重並包容。以往國中課文裡的《雅量》一文，分析文章時常聚焦於各式譬喻，大家的記憶大概仍有「綠豆糕」和「稿紙」，甚至是日出與鳥鳴，譬喻精當使人印象深刻，但其背後深意我們更須銘記。

中醫的五行調和也許是種解方，《黃帝內經》：「水火者，陰陽之本，萬物之始。」陰陽平衡是人體健康的基礎，水火相濟是心火與腎水之間的動態平衡。五臟六腑形態各異、功能不同，無論是同處屋簷下的親人，或是共事於職場的同儕，甚或是萍水相逢的陌生人，所謂鴻溝其實也只是各自的成見。無法同理他人立場，至少溝通時要「氣和」，負面情緒無益於解決事情，反而耗神傷身；若可「莫得其偶、得其環中」，便可坦然應對世界的無窮變化。心坦則氣和，真正的「和」，不是無聲，是彼此聲音的諧振，是能進入耳中、不刺於心的那種柔和與應和。

學習知識與處理事務時，二分法的確有助於化繁為簡，試圖將人分類卻往往是紛爭的開始。有些分類原本就不客觀，例如貧富與貴賤，貧富之差應看內心而非財產，臺灣善心人士多，卻常有善心物資遭濫用，貪小便宜的人生活未必拮据，但其心是真窮；或是略有薄產而苛刻吝嗇，甚至無限上綱自己的「消費者權益」，逼出了多少為謀生只能忍讓的眼淚，這樣的人又何以稱富？小人沒有道德所以不會被綁架，有德之人處處忍讓，這樣的社會怎可能宜居？

有些分類看似由來有據，每個人標準卻不一樣，例如奢、儉與吝。豪車是奢侈品還是必需品，取決於各自身家，對於特定族群，豪車也是一種融入同族類並兼具安全性的必備工具。近幾年「仇富」的言論愈來愈多，但大部分的財富累積仍來自於過往（或長輩們）行不由徑的努力，只嫉妒他人的成果而忽視其背後的付出，是無禮的偏見，階級的翻轉的確不容易，但也不應該抹煞別人曾經的努力。

《紅樓夢》揭露的「大家」生活，除了展示炊金饌玉、山粢藻梲之景，也隱約透露出享受權力所應付出的代價——「刑不上大夫」是一種禮遇，但「禮不下庶人」顯見貴族須處處合禮，王公的榮耀是肩扛經世濟民的責任換來，這份重擔須得披星戴月、朝乾夕惕。舊制的階級雖有其不堪之處，但階級分明下各守其位，各安本分，確實分工對於安定社會也的確有助益。舊有制度被推翻，全新的制度且戰且走，因時制宜而逐漸完整，不該一味貴今而賤古，是非曲直應建立在相同的判準，才不會如脫韁野馬。

自由世界之下，人人均有受教權，卻不是每個人都認清為「士」也有應盡的義務和責任，甚至會有同學表示：「又不是我自己想讀的，是我爸媽逼我的。」激烈一點還會出現：「他們生我時又沒有經過我的同意。」如此言論屢見不鮮，大家都在捍衛自己權利，卻甚少提及相對的義務，課堂上儘管透過對話引導同學們思考，卻仍不免進入詭辯困局。

「他們生了我就得養我啊！」

「所以以後你們也得奉養父母回報養育之恩囉！」其實大部分的孩子都會自然地點點

頭，只是仍不免會出現異議。

「不行啊，他們生我時又沒有問過我。」

「而且他們都比我有錢。」

「我連自己都養不活了！」

生而為人是一場修行，現實的艱困不是改變人性而是關掉濾鏡，性惡之人不演了，但性善者的光芒將愈發耀眼，善惡之間不過方寸一念，人生就是選擇的總和。美醜、貧富、男女，都不該成為劃分族群的標準，唯有善惡不可不分。排他性也許是動物的本能，所以「包容」是一種美德，辦不到己立立人，至少要「己所不欲，勿施於人」，惡語的嘔啞嘲哳難為聽，所以瞋怒時不輕易開口，這樣的節制是每個人都應遵守的基本禮儀。

喜怒哀樂之未發，謂之中；發而皆中節，謂之和。中也者，天下之大本也；和也者，天下之達道也。致中和，天地位焉，萬物育焉。

體制的變化必然導致社會秩序的變化，「男主外，女主內」從必然變成選項之一，自由世界的可貴在於人人都有選擇權，透過溝通尋求共識，無論是家庭或職場，都是仰賴人與人的分工，水火相濟、鹽梅相成，彼此的相異處應截長補短促成進步，不該成為互相攻訐撕裂群體的利刃。「物窮必變，慘極知悔」，若在一發不可收拾前轉念，「人和」必然萬事興。

> 甚矣！人心之變也，自分類始。而其禍倡於匪徒，後遂燎原莫遏，玉石俱焚，雖正人君子亦受其牽制，而或朋從之也。
>
> 夫人與禽各為一類，邪與正各為一類，此不可不分。乃同此血氣，同此官骸，同為國家之良民，同為鄉閭之善人，無分土，無分民，即子夏所言「四海皆兄弟」是也，況當共處一隅？揆諸出入相友之義，即古聖賢所謂同鄉共井者也。在字義，「友」從兩手，「朋」從兩肉，是朋友如一身左右手，即吾身之肉也。今試執塗人而語之曰：「爾其自戕爾手！爾其自噬爾肉！」鮮不拂然而怒，何今分類至於此極耶？
>
> 顧分類之害，甚於臺灣，臺屬尤甚於淡之新、艋。臺為五方雜處，自林逆倡

亂以來，有分為閩、粵焉，有分為漳、泉焉。閩、粵以其異省也，漳、泉以其異府也。然同自內地播遷而來，則同為臺人而已。今以異省、異府，若分畛域，王法在所必誅。矧更同為一府，而亦有秦越之異！是變本加厲，非奇而又奇者哉？夫人未有不親其所親，而能親其所疏。同居一府，猶同室之兄弟，至親也，乃以同室而操戈，更安能由親及疏，而親隔府之漳人、親隔省之粵人乎？

淡屬素敦古處，新、艋尤為菁華所聚之區，遊斯土者，嘖嘖稱羨。自分類興，而元氣剝削殆盡，未有如去年之甚也，干戈之禍愈烈，村市半成邱墟。問為漳、泉而至此乎？無有也；問為閩、粵而至此乎？無有也。蓋孽由自作，釁起鬩牆，大抵在非漳泉、非閩粵間耳。

自來物窮必變，慘極知悔，天地有好生之德，人心無不轉之時。予生長是邦，自念士為四民之首，不能與在事諸公竭誠化導，力挽而更張之，滋愧實甚！願今以後，父誡其子、兄告其弟，各革面、各洗心，勿懷夙忿、勿蹈前愆，既親其所親，亦親其所疏，一體同仁。斯內患不生、外禍不至，漳泉、閩粵之氣習，默消於無形。譬如人身血脈，節節相通，自無病。數年以後，仍成樂土，豈不休哉！

一女眾身——曌見〈畫菊自序〉

二〇一七年由教育部課審會決議而出的課綱古文十五，其中臺灣題材選文佔三篇，還記得當時新聞播報後，有同學截圖新聞畫面傳訊息給我：

「老師！你的文章被收入課綱古文喔？」附上了一張標題為「雲林才女文章入選課綱古文」的新聞畫面，當下真是又好氣又好笑。同學們都曉得我在雲林土生土長了十八載，然而發自內心地將我視為「古人」真不曉得是哪來的靈感啊！

相較於源遠流長的中國文學作品，臺灣文學有著與美國相似的問題——太年輕，〈畫菊自序〉的文學性相形不足，不少老師也提出「難道沒有更好的作品」的質疑。選錄的標準為：「兼顧女性作家、本土素材，加上連結生涯規劃及性別教育，因此入選。」的確，審視歷代鳳毛麟角的女性作家，文采超越張李德和不在少數，甚至〈畫菊自序〉的藻飾是連同學都明顯感受得到的。

然而正是這樣的相形見絀，成為了課堂上許多議題討論的施力點。與唐宋大家及明清大儒相比，才更能凸顯傳統婦女所受的桎梏，形塑出蘇軾行雲流水的不僅是其天賦，更是社會與制度的支持，「女子無才便是德」的束縛之下，我們扼殺了多少藝術的可能？

人類歷史發展中，男性主導的父權社會佔據了滿長的一段時間，直至近代開始提倡性別平權，更成為《世界人權宣言》的目標之一。

改變需要時間，然而我們也可以透過觀察生活反思：性別平等提倡至今我們進步了多少？弊端與憾事頻傳，我們還能做什麼？文學除了藝術性，更重要的應是記錄更深層的、無形的社會現實與人性。

〈畫菊自序〉以駢句為主，駢文與散文自古便角力不斷。萌芽於秦漢的對偶文，是一種美學的追求——駢文四大特點：形式整齊、詞藻華麗、用典繁多、聲律和諧，在散文派的心裡是矯揉造作、華而不實、流於形式，在擁護者的心中卻是一種結合禮義與書寫的儀軌。對偶的句式造就一種對稱美，記得曾有話題在探討人類對於「美」的認知，有人說被認定為「美女」的明星左右臉都比較對稱（記得當時我立刻攬鏡自照，研究一陣後覺得終於找到無法靠臉吃飯的原因，慶幸自己很早就認命地選擇走實力路線）。

雖然不久後群說紛起，有精準的黃金比例說，也有反對稱說，文章句式的整齊的確有助於展現形式上的美感，在閱讀時也容易藉句型參照而得其義，華麗的詞彙與典故更是才學的展現。

人為萬物之靈，志有萬端之異。學琴學詩均從所好，工書工畫各有專長。

起筆點出「人各有志、才有所長」的觀點，實則在為後文自己的志向做鋪墊。在一個「相夫教子為女人職志」的社會裡，培養才學並擁有嗜好成了一種奢侈，人各有志，卻不包括女人。

張李德和出身西螺望族，由外婆帶大的我也在西螺生活了好幾年，小時對於城鄉沒有概念，以為世界就是溫暖古樸的磚紅老街、雄偉瑰麗的灼紅大橋、難聞卻可愛的牛群與無邊無際的綠意。

準備申請大學的日子裡才踏出了雲林，開始了城市探索，臺中使我眼花撩亂，臺北更是嘆為觀止。高中時搭火車通勤上學的我，總在聽到：「下一站，斗六」時便下車，員林、彰化、臺中……是跑馬燈上熟悉而陌生的存在。

「大概是再大一點的斗六吧？」在一個重男輕女的家庭裡成長，世界觀的構築除了來自於圖書館，更多的是自己的想像。為了讀高中經過一次家庭革命，大學選讀中文系更是將親情獻了祭——長女就該選擇高職，畢業就可以就業分擔家計。所幸在學校老師的遊說，以及外婆與舅舅的介入下，我得以進入高中升學體制，也才有了後面悠遊於文學領域的可能。

技職體系需要一技之長，而我除了愛書嗜書別無所長，美髮科需要的美感與靈巧我趨近於零。國三離現在已經很遙遠，面對著要進入自己不擅長，且完全沒有興趣的領域，焦慮與絕望交織而成的漫漫長夜，那種窒息感至今卻仍歷歷於心，於是我只能不斷祈求，緊握著佛卡，反覆唸誦著《心經》，希望實現外婆說的心誠則靈。

說來慚愧，與外婆一起生活多年，卻無法確定她的信仰。西螺延平老街的福興宮歷史悠久，康熙五十六年（西元一七一七年）草廟成，後由西螺商人與居民集資建成福興宮，悠悠三百年，由清領、日治，到光復至今，經歷動亂、瘟疫、地震，政權幾歷更迭，無論是盛世或動盪，紅塵擾攘，「太平媽」始終溫柔堅定地陪伴著螺陽土地上的眾生。

福興宮主祀頗能象徵臺灣民間精神的媽祖默娘，後殿則有著聞聲救苦的觀音菩薩。從小逢年過節跟著拜拜，趁著大人們虔誠默禱時端詳莊嚴的神像，只為了辨清二者，不曉得是鼎盛的香火裊裊氤氳了視線，還是自己視力不佳而不自知，兩尊神祇慈目低眉的溫柔如出一轍，懵懂無知的我竟在心裡亂下一個「姐妹」當答案。

長大後透過社會課本知曉，觀音菩薩本屬佛教，媽祖則應歸屬道教，心中還頗疑惑了好些年。出社會後才覺得，其實何來佛道不分？宗教的本質為善，只要能勸人為善、安定人心，硬要分門別類反而是對社會的傷害，過猶不及，無論天主教、基督教、佛教、道教、伊斯蘭教……過度的對立都是忘卻了宗教的本質，徒增撕裂社會的傷痕。

媽祖林默娘的故事在臺灣也算是家喻戶曉了，無論是救父犧牲或是羽化昇仙。撇開神蹟與靈感應驗，走進普羅大眾的心裡其實是其「悲憫」的特質，這點與大慈大悲聞聲救苦的觀音菩薩是極為相似的，也因此共同祀奉二者的寺廟也不在少數。

每一位母親，也幾乎都走過聞聲救苦的階段——那是自懷胎十月便根深柢固的母性，為了能聽見孩子健康的啼哭聲，忍受分娩時的蝕骨之痛，罔顧自身撕裂傷，一心掛念著嬰兒是否一切安好，這樣的忘己造就慈母春暉，一如媽祖與觀音的大捨造就大悲慈航。

即便是二十一世紀的現今，成為一個母親後要如何不失去自己，仍是一大難題。新生兒腳圈上的〇〇〇之子（女），是剪不斷的臍帶，出院返家時卸下了新生兒識別腳圈，卻自此從某某小姐成為某某媽媽，自襁褓起無數個為了照看孩子不成寐的夜，煩憂並不隨著成長而減少，卻總能在他們的笑容裡收獲風雨前行的能量。

是故咳唾珠玉，謫仙闢詩學之源；節奏鏗鏘，蔡女撰胡笳之拍。此皆不墮聰明，而有志竟成者也。若夫銀鈎鐵畫，固屬難窺；儷白妃青，亦非易事。

父權社會之下，女子獲得些微的自由都極為可貴，張李德和在盡力符合「賢妻良母」框架後，努力取得家庭與事業的平衡，不讓鬚眉地馳騁於藝苑。「序者，緒也」。〈畫菊自序〉裡，張李德和舉用典故刻意安排男女並舉，此二例除了呼應前文的「學琴學詩」，二人均為該領域的翹楚，更可透過蔡琰的成就展現女性追求個人愛好的正當性，以及女性也具備發光發熱的可能。

「蔡琰辨琴，王粲覆棋」，蔡文姬的音律天賦可能得益於家學淵源，其父蔡邕為東漢大文學家，更是中國古代四大名琴——焦尾琴的製作者，在父親的指導下，蔡琰能為離鸞別鶴之操，才藝卓絕，惜其生逢亂世，一生乖舛。初嫁不久即喪夫返家，又遭胡人擄至異域，雖得南匈奴左賢王傾慕娶為側室恩寵有加，「邊荒與華異，人俗少義理」，日日膻肉酪漿，對家鄉的思念也是可想而知。

西元二〇八年，曹操思及老師蔡邕的女兒流落異鄉，「痛其無嗣，乃遣使者以金璧贖之」。蔡文姬終於有機會重回魂牽夢縈的故土，代價卻是訣別兩名腹生手養的幼子，「天屬綴人心，念別無會期。存亡與乖隔，不忍與之辭」。痛苦、矛盾將如何焦灼她的心？自古黯然銷魂者，唯別而已矣，何況割捨母子之情，情何以堪？「馬為立踟躕，車為不轉轂。觀者皆唏噓，行路亦嗚咽」。寫景寓情，除了字裡行間雜揉的哀悽，更深層的是人母難以言喻的斷腸。

無論是書法欲成鐵畫銀鉤入木三分，或是繪畫欲臻妙手丹青出神入化，即便天賦異稟亦無法一蹴可幾，不舍晝夜的勤學苦練是基本條件，對於須扮演好「賢妻良母」的女子而言，卻成了追求自我實現的一大難關。

> 余因停機教子之餘，調藥助夫之暇，竊慕管夫人之墨竹，紙上生風；敢藉陶彭澤之黃花，圖中寫影。

在俗世裡求存並不容易，開門七件事「柴米油鹽醬醋茶」正是反映著生存其實離不開金錢。張李德和出身望族，夫家亦為名門。記得外婆曾言：「好額人飯碗難捧[9]。」對於

編按：**9** 好額人飯碗難捧——好額人飯碗歹捀，臺語俗諺。hó-giah-lâng png-uánn phái phâng。指嫁入豪門的媳婦難為。

我們寒門而言，門不當戶不對的艱辛是可以想見的，但即便是嫁得天造地設的張李德和，也得戰戰兢兢地謹守妻子與母親之職，符合社會對女性的要求與期待，才能開展所好，拿起畫筆描繪自己的色彩。

作者仰慕管道昇的墨竹畫，筆意清絕，希望自己的畫作也能流芳百世。她選擇的繪畫題材是形象與陶淵明密不可分的菊花，花中四君子梅蘭竹菊是高風亮節的象徵，梅傲、蘭幽、竹堅、菊淡，為什麼是「菊花」？若為千人共仰的勁節，其餘三者亦皆可，真實的答案只有張李德和知道，然而若問我心目中最符合作者形象的花中君子？非淡雅且傲霜的黃花莫屬。舊時代的女性是家庭裡無聲的脊梁，男主人在外為家庭生計奔波，女主人在家打點上下操持一切家務，男性離開工作崗位便可歇息喘口氣，而以家庭為崗位的女性又該在什麼時間點下班？菊花離城不離塵，就像傳統婦女，不站世界的Ｃ位，在家庭裡地位也不高，仍以自身雅致開落成家庭的和諧。

相較同時代的女性，她接受了更完善且良好的教育，也擁有更大的發展空間，才有縱橫文藝界的琳琅山閣主人；然而更多的是被禁錮於女兒身而無從發展的「志趣」，無關能力，身陷時代禮教的囹圄而不具參賽資格，錯失了多少可能的女英雄、女文豪？

隨著兩性平權的意識崛起，現代的女性擁有了更多的自由，同時卻也隨之衍生出「厭女（misogyny）」情結，甚至出現「女權自助餐」這種消遣主張女權的詞彙。記得有一次的模考國寫題「臺灣女孩日」，同學們議論紛紛：

「老師，為什麼沒有男孩日？這樣也很不公平……」

「老師，在我們家女生的地位明明都比男生高！」

凡事過猶不及，爭取女權的本質是力求「兩性平等」，然而平等本身便非易事，「人皆生而平等」這句話的確是美好的願景，卻不是客觀的事實——無論就生理性或社會性而論。「平等」應該是一種素養，當人們願意接納「生而不平等」，並以雅量善待彼此，將自己擁有多一點的分給不足的，同時接受者也懂得感恩，而非憤世嫉俗地將他人的善意當作理所當然，人與人之間的歧異才有可能縮小，社會才會更融洽。

爭取女權不代表打壓男權，如果有被壓縮到的範疇，那也必然是原本就不合理的那部分。同時也的確會出現假「性平」議題無限上綱的自利之徒，然而這都不該是反對女權的理由。臺灣有很長的一段時間都是以選擇題型為各式考試的主要題型，缺乏開放式題型的訓練容易弱化組織、表達與解決問題的能力，甚至陷入「非黑即白」的邏輯謬誤。隨著新課綱加入的素養混合題型，正是為了彌補這方面的不足。

教育本應為國育才，二〇二四年發生的「麥當勞少女」爭議事件，事涉性侵、霸凌，揭露出社會的不足處更值得我們深思——十六歲的少女須打工分擔家計，這是貧富差距；被性侵卻求助無門，這是安全網與司法體制的不完善；資方的推諉已是老議題，然而試圖以「兩情相悅」當煙霧彈，竟然還能釣出檢討受害者的聲音，這是國民素養的不足。高中生於社群媒體以「沒有女權的世界真好」發文調侃，甚至還有跟風響應者，姑且不探討是否為少不更事的玩笑，這應該是教育界的一記警鐘。

當我們追求著科技創新，培育出大量理工人才時，我們是否忘記了人文素養是為了讓學子們擁有溫暖的心？科技可以帶來便利的生活，卻不等於更幸福的生活。

庶幾秋姿不老，四座流芬，得比勁節長垂，千人共仰，竟率意而鴉塗，莫自知其鳩拙云爾。

看到這段文字時，我不由得想起《傾城之戀》裡的白流蘇，范柳原稱她為「善於低頭」的女子，那是張愛玲筆下華人女性的其中一個特質。低頭不是退縮、怯懦，是一種寬容，懂得隱忍的智慧與力量，善於低頭的女人是厲害的女人，最末處的自謙詞「鴉塗」與「鳩拙」，看似與前文積極表露志趣矛盾，實則是一種真實智慧的虛懷若谷。

女性向來被視為「陰柔」，坤道不同乾道的積極進取自強不息，而是靜駐守候以厚德載物。

電影《藝伎回憶錄》裡豆葉的一段話是我心頭浮現的另一個註腳：

> 藝妓不是妓女，也不是妻子，我們賣藝，但是不賣身，我們營造一個神祕的世界，一切都美不勝收。藝妓的漢字代表藝術家，藝妓就像是活生生的藝術品，吃得苦中苦方能成為美女，你的腳會痛，你的手會流血，就連坐下來和睡覺都會覺得很痛苦。

記得曾與同學討論過一題作文：「最美的東西最令人痛」，同學們寫完哀嚎著說他們寫得手痛，更怕看到分數會心痛。該題的引文是林懷民老師的作品《關於島嶼》於德國演出後的熱烈迴響，同學們在當下未能掌握到「藝術能突破時空限制引發共鳴」，審題不易，更遑論下筆。

細觀人類發展的進程，所有良性的發展似乎都不容易——藝術的養成不易，治世的建立不易。就像臺灣「家暴法」是建立在鄧如雯殺夫案之後，《家庭暴力防治法》在一九九八年六月上路，甚至晚於全球網路（WWW）的出現，當我們因為物質條件的改善慶祝著前所未有的「文明」時，切莫忘記社會進步應是物質、精神、文化與制度的總和。

鏡裡千秋——曌見〈燭之武退秦師〉

唐太宗的三面鏡子是同學們熟悉的掌故之一：

夫以銅為鏡，可以正衣冠；以史為鏡，可以知興替；以人為鏡，可以明得失。

譬喻法的妙處在於可將意思表示得清楚、生動又有力，聽者（或讀者）在接收的當下便銘刻入心。鏡子可供我們端正儀容，就像觀史可察國家興衰、觀人可自省，讀史對於年輕的孩子們來說很難有吸引力，但討論鏡子的意象就不一樣了。

一一三學年度模擬考國寫試題「鏡中自我」考倒了不少同學，引文結合美國社會學家顧里所提出的「鏡中自我」概念，與鄭順娘自畫像〈鏡中自我〉的作品簡介，要同學寫出自己是否也經歷過顧里的自我認同三階段。

一、呈現（presentation）：想像自己在他人眼中的形象。

二、想像的判斷（identification）：想像他人怎麼看待自己的形象。

三、主觀的解釋（subjective interpretation）：透過他人評價而產生自我的感受。

「老師，我看到這題的時候只想得到我每天都被自己帥醒。」好可愛的少年式煩惱。

「老師，這題是要寫那個自戀的花嗎？」等等，什麼自戀的花？

「就那個一直看自己看到死掉的那個。」原來是希臘神話的水仙，想得到納西瑟斯是還不錯啦，但魔「鏡」的威力真的大到讓同學們忽略文本的導引，因此取材上反而走入死胡同。

《說文解字》：「鏡，景也。」段玉裁注：「景者光也，金有光可照物謂之鏡。此以疊韻為訓也。鏡亦曰鑒，雙聲字。」一曰：「鑑，諸也，可以取明水於月。」

透過考古，我們可以得知「鏡」最早（已知範圍內）出現於小亞細亞人的黑曜石岩片，然而第一個照鏡子（或任何可映出倒影的事物）的人是什麼反應？我們只能臆測。

嬰兒出生時對自己的樣子是沒有概念的，必須經過與環境人事物的互動，「自我概念」的發展才會逐漸成熟，從視若無睹到試著與鏡中影像互動，直到有一天領悟了鏡中影像原來只是自己的倒影。「攬鏡自照」這樣一個看似簡單的動作，在幼兒發展裡卻是近兩年的進程，人們讀史也頗有異曲同工之妙，從陌生無感到旁觀閱覽，直到某個時刻才明白：史書上記載的事件未曾遠離，人性是超乎想像地相似。

《哈利波特》裡有面「意若思鏡」，上頭的銘文頗有巧思，重新排序後可得這樣一個句子：「I show not your face but your heart's desire.」（我照的不是你的面容而是你的渴望），這面鏡子映照的不是真實，而是照鏡人內心最迫切最強烈的渴望。欲望驅動著人們不斷超越前人，建立輝煌文明，欲望也同時是戰爭的種子，狼煙一起，大地瞬間可成斷井頹垣。

《左傳》作為十三經之一，在史學上上承《尚書》、《春秋》，下啟《史記》、《資治通鑑》，文學上其文章義法更影響了無數文壇大家，從司馬遷、韓愈、歐陽脩、三蘇，一直到清代桐城派之方苞、劉大櫆，國、高中時期同學接觸的古文有不少便是這些人的作品。

史學家看重「記實」，但文學家總有或多或少的「虛構」，《左傳》橫跨二領域，以歷史敘事的方式解讀《春秋》經的微言大義，也許正是能遊刃並串起許多經典的重要性，幾歷課綱調整，〈燭之武退秦師〉仍屹立於選文之中。

三大說話寶典：《左傳》、《戰國策》及《世說新語》，在新課綱裡僅存〈燭之武退秦師〉一篇，三部經典的時代背景都是動盪的，左丘明剪裁文字的功力可供同學們學習如何避免流水帳，看他如何在龐雜的諸侯歷史及君臣對話中揀選材料，並合宜地展現出人物應對的高度文化涵養，記錄著一場場戰爭時，不蔓不枝地爬梳因果，並保留高明精到的外交辭令，還原出曲折生動的歷史關鍵時刻。

要透過歷史以古鑑今，便需要洞悉事件脈絡。《春秋》三傳裡，《左傳》長於敘事，《公羊傳》與《穀梁傳》則是長於義例。《春秋》微言大義，若無三傳註解，將如東漢桓譚所言：「左氏經之與傳，猶衣之表裡，相待而成，有經而無傳，使聖人閉門思之，十年不能之也。」

敘事看似簡單，實則比逐字解經還要難。解經之難在於如何傳述聖人之意，而敘事為了顧及流暢及適讀性，或多或少必會加入些枝節。左丘明為了將事件來龍去脈交代清楚，不僅字數是春秋的十倍，記述年分亦多了十三年，終於魯哀公二十七年。

人之一生太過短促，視野終究受限於自身經驗與認知的窄門，於是我們常輕忽那些看似瑣碎的資訊——例如「年分」，總覺得它們只是繁瑣而冗贅的數字堆疊，與現實無關、與己無涉。年分就像是「地名告示牌」，對於生活於附近的人而言是可有可無的存在，但對於遠途的旅人就是極其重要的指引；就像在卷帙浩繁的史料中，年分是關鍵座標。它既是歷史記憶的經緯，也是事件邏輯的引線，透過年序的精心編排，我們得以追溯源頭，照見變化，並於其間勾勒出歷史所蘊藏的理路與人性的紋理。

每當看著《左傳》、《史記》等史家鉅著，我就會覺得自己步入了鏡子迷宮，在眾多雷同而迴異的鏡像裡，迷惘且躊躇，直到某個駐足的片刻，凝視中叩問靈魂激盪出的亮光，擊碎層層疊疊的身影，萬法歸一。歷史是現在與過去的對話，過去無法重現，在文字海裡我們共鳴的必是部分的自己，若要藉史培養理性思維，則更需要換位思考，將自己置身事中，練習做決定。

《左傳》善敘因果，〈燭之武退秦師〉一段起始僅以簡單幾字便交代出：形勢、戰爭起因、駐軍方位，並確立了鄭國遊說根據——沒有直接利害關係的秦國是突破口。那年，燭之武早已年邁，仕途沉潛、不得志的歲月遠比風光的時刻還長，他不是一開始就被寄予厚望，而是在四面楚歌的絕境中，被推向了命運的前線，當鄭文公在帳下低聲說出「吾不能早用子，今急而求子，是寡人之過也。然鄭亡，子亦有不利焉！」他踏出營帳，同時也踏入歷史。

夜縋而出的身影，斷入秦晉之間的棋局，一子破眼，竟活了鄭國的死局，我們為這起死回生的妙手鼓掌稱絕，同時分析著鄭文公對重耳無禮的遠因，然後談起晉楚城濮之戰裡，鄭文公軍援楚國的近期引線；往後退一步，驚覺這場圍鄭之舉，是另一場戰役的遠因。

歷史從不孤立，一場戰爭的結束往往只是另一場風暴的開端。燭之武的外交奇襲雖挽救鄭國於一時，卻也動搖了秦晉聯盟的根基；燭影搖曳裡與穆公的夜談，就像南美叢林中輕輕振翅的蝴蝶，在千里之外掀起了驚濤駭浪——「秦晉殽之戰」，一枚骨牌傾倒，環環相扣的局勢連鎖推進，三年後的殽地，秦軍主力覆滅，百年強秦元氣大傷。

歷史的魅力，不只是英雄豪傑的氣吞山河，更在於這些看似微小的選擇與片段，如何交織成命運的洪流。燭之武夜縋一役，既是鄭國的救命錦囊，也悄然改寫了秦晉的命運曲線。於是我們回望，不只是為了讚嘆當時的一招妙著，更是為了從那片殘局中，看清人世間錯綜複雜的因果律。

由〈燭之武退秦師〉至蹇叔哭師、秦軍入滑，再到秦晉殽之戰，一連串關鍵轉折皆非源於兵鋒相接，而是起於一場場話語的交鋒，脣槍舌戰的煙硝味卻濃過刀光劍影，左傳的戰爭在論「語言」。

燭之武以辭令為矛盾，使穆公帥軍而還；商人弦高言語中的弦外之音、皇武子的一番言辭便使得孟明覺得「鄭有備矣，不可冀」，「杞子奔齊，逢孫、揚孫奔宋」一言而散眾猛將。蹇叔和所有人不同，唯有他說的是實話，卻無人願聽。「勞師以襲遠，非所聞也！」是洞若觀火的灼見，但他不懂說話的藝術，太直白的話語反使穆公意氣用事，「吾見師之出，而不見其入也！」「必死是間，余收爾骨焉」的血淚之諫終成忠言逆耳的孤聲。真話輸了，假話贏了，令人悵惘，卻也不意外——真知與明理，並不必然擁有權力與話語權。

現代社會何嘗不是如此？在資訊爆炸的時代，真相與虛構、理性與情緒交纏糾結，真假難辨，意見如潮，專家遍地，人人皆可發聲，卻未必人人願負責。在這樣的亂象中，我們更需要一種能辨話中真偽的素養，需要一種從話語背後看出利害、意圖與立場的能力——這正是《左傳》之於當代教育的價值所在。

因此，每當外界亂象使內心紛亂疑惑之際，我就會再翻翻《左傳》，重回左丘明筆下的歷史現場，那裡沒有釣魚式的聳動標題、沒有金玉其外敗絮其中的商業式言辭，在靜默的文字裡尋覓人性、智慧、野心與判斷的縱橫。閱讀《左傳》，像是一場理性與邏輯的訓練，也是一種靜默中的修煉，它提醒我們：不是所有話都該信，不是所有沉默都無聲，真正關鍵的時刻，往往是從一段話開始，一念之差，便是歷史的轉向。

「魔鏡魔鏡告訴我……」曾是童話裡最令人緊張的一句呼喚，〈白雪公主〉裡，魔鏡只忠於「真相」，但這份真相，卻成了皇后忌妒的火種。她不是不知道誰最美，而是無法接受不是自己最美。魔鏡說的是真話，卻反成為驅使惡意的導火線：權力者不怕謊言，怕的是無法操控的誠實；真相之所以危險，是因為它揭開了人心的欲望與脆弱。

然而世界早已從向魔鏡求問，轉為向 Google 搜尋、向 ChatGPT 尋解，問的方式變了，問的人更多了，答案浮現得更快、更雜——但我們是否更接近真相，還是只是更善於包裝偏見與欲望？

科技進步，鏡子變成了螢幕，語言變成了指令，許多人將判斷交託給資訊下的資料演算，隱隱然聽見蹇叔之哭穿越千古而來：螢幕亮起的那一刻，我們看到的或許不再是真相，而是演算法認為我們「想看到」的世界。那不是一面鏡子，而是一道濾鏡——經過選擇、包裝、推播之後的現實切片——這是極其危險的。

當我們習慣讓外在系統為我們做決定，便逐漸失去了自我反思與獨立判斷的能力。我們不再閱讀原典，只讀「摘要」；不再聽完整的對話，只聽符合預期的聲音，看似擁有無限資訊的時代，其實是意見最容易被操控的時代。

以銅為鏡，可以正衣冠；以人為鏡，可以明得失；以史為鏡，可以知興替。而今日，我們更需以心為鏡，照見自身在海量資訊與話語之中的定位與選擇。面對螢幕上的答案，我們需要的不只是快速的回應，更是冷靜的判斷與深刻的思辨。

最終，那面最難誠實凝視的鏡子，從來都不是裝置本身，而是我們自己。

九月甲午，晉侯，秦伯圍鄭，以其無禮於晉，且貳於楚也。晉軍函陵，秦軍氾南。

佚之狐言於鄭伯曰：「國危矣！若使燭之武見秦君，師必退。」公從之。辭曰：「臣之壯也，猶不如人，今老矣！無能為也已。」公曰：「吾不能早用子，今急而求子，是寡人之過也。然鄭亡，子亦有不利焉！」許之。夜縋而出。

見秦伯曰：「秦、晉圍鄭，鄭既知亡矣！若亡鄭而有益於君，敢以煩執事。越國以鄙遠，君知其難也。焉用亡鄭以陪鄰？鄰之厚，君之薄也。若舍鄭以為東道主，行李之往來，共其乏困，君亦無所害。且君嘗為晉君賜矣，許君焦、瑕，朝濟而夕設版焉！君之所知也。夫晉，何厭之有？既東封鄭，又欲肆其西封。若不闕秦，將焉取之？闕秦以利晉，惟君圖之！」

秦伯說，與鄭人盟，使杞子、逢孫、楊孫戍之，乃還。

子犯請擊之，公曰：「不可。微夫人之力不及此。因人之力而敝之，不仁；失其所與，不知；以亂易整，不武。吾其還也。」亦去之。

重逢桃花源——墨見〈桃花源記〉

要以什麼主題及課文來迎接高中生？是每年會考後準備銜接課程時必然重溫一遍的問題，其實高中各版本的第一冊是歧異最小的，以〈師說〉、〈項脊軒志〉讓同學們領略高中古文，樂府古詩捲土重來，對同學們來說似曾相識，但還是得在不同的文本裡重新學習。

〈桃花源記〉算是銜接課程裡的熱門主題，不僅可以銜接國中的〈五柳先生傳〉，文本語言的難易度也適中，然而我選擇它的理由是：那「彷彿若有光」的幽微小口，是我文學之路裡的兔子洞，那靜謐而深遠的樹洞在求學時代僅是匆匆一瞥，卻悄悄成為萬應室，即便屢遭現實不堪打入生命低谷，我知道：夾岸桃花中能得庇護。

高中生涯如一場夜宴，還能享受青春，卻也是為現實謀算的關鍵時刻，時光的腳步快了，笑容彷彿少了，在壓力中重新調整苦與樂的標準。在正式「長大」前，我希望同學們能好好認識桃花源，讓陶淵明的筆墨成為同學通往樂園的一脈清淺，學習經世濟民之外，更要學會安頓自己身心。

〈桃花源記〉為〈桃花源詩〉之序，散文為註腳，鎔鑄小說筆法，一篇文本可概括三大文類，也頗適合文學的入門認識。

文如其人，要看懂文章，對於作家本身要有一定的認識，不是偉人式的歌頌與記憶，而是「設身處地」才不會曲解了文章。寫作對同學們常常是苦差事，若非大考改制大幅提升作文的重要性，同學們肯定寧願多算幾題數學或物理，也不願寫作。那前人們的創作又是為了什麼？無利可圖的事為什麼可以成為日常？按現在的語言，創作之於作家，提供的是情緒價值吧！我們的情緒需要出口，找人訴說是一種方式，但同時也危險，遇到的若是好人，偶爾幾次還能安慰幾句，時間久了，負能量傾倒得太多，也可能成為陌路，若遇上八卦之人，苦痛未除，反成眾人笑柄與茶水間談資，豈非雪上加霜？那就寫吧！

無論喜怒哀樂，訴諸於文字，成為談資也是百年以後的事了，兩眼一閉，八卦反成立言之不朽。

陶淵明，東晉名士。「東晉」一詞，同學們是看似熟悉實則陌生，螢光筆可能畫過好幾次，戰爭、飢餒與流離卻成了不相干的名詞。時間可以使人忘記苦痛，歷史卻總是在重演，所以悲劇時時發生。我總覺得文學家大抵都是悲憫的，尤其是小說家，他們捕捉人性或時代的幽微，然後（費心地編織故事）日日夜夜以文字為磚瓦，築出另一個國度，然後透過筆下人物教會我們些什麼，像父母為了讓孩子服藥，總要想盡各種方法掩去藥的苦味。

慨嘆「人生苦短」的人都是幸福的，領悟浮生若夢需要「富庶」，不是物質上的，就是精神上的。「生年不滿百，常懷千歲憂」，飢寒交迫的人生誰會希望無限延長？膏粱珍饈、華堂錦繡之人才追求長生；將生存的難處轉化爲力量，則是文學家、藝術家。人生之苦需要寄託，所以無分中外，宗教信仰都是很重要的精神支柱，詩佛王維寄託於佛理，早慧的他於十九歲察覺了通往桃源的蕪廢小徑，作〈桃源行〉，以文字為畫筆，勾勒出樂土模樣，然而他只是驚鴻一瞥，為世人揭開絕境之美後，翩然回皈佛土。而陶淵明作品中的道家思想不是宗教，所以他寄託於酒和自然：

余閑居寡歡，兼比夜已長，偶有名酒，無夕不飲，顧影獨盡。忽焉復醉，既醉之後，輒題數句自娛，紙墨遂多。辭無詮次，聊命故人書之，以為歡笑耳。

——〈飲酒並序〉

陶潛「性嗜酒」和李白的「杯莫停」是截然不同的光景，一淡一狂。年輕時也受李白那遮掩不了的張揚吸引，近幾年才逐漸領略王國維何以貴陶之真，人生總是要落到柴米油鹽裡才實，千金散盡是豪氣，但又有幾人能得千金？「種豆南山下，草盛豆苗稀」才貼近我們緊盯著存摺數字的生活。

〈飲酒〉詩共二十首，同學們最熟悉的應該是第五首：

結廬在人境，而無車馬喧，問君何能爾，心遠地自偏。
採菊東籬下，悠然見南山，山氣日夕佳，飛鳥相與還。

此中有真意，欲辨已忘言。

詩中無「酒」亦無「醉」，反顯人間清醒，作為「古今隱逸詩人之宗」與「田園詩人之祖」，陶淵明的躬耕生活也讓我們看見理想與現實的拉扯，生存的不易會使人想逃，但我們又能逃去哪？「心遠地自偏」是陶公的解答，改變不了環境就改變自己的心。人生八苦，除了生老病死不由自主，不假外求便可避免「求不得苦」，心念一轉，便可在難關重重的現實裡開一小口，進入Wonderland。

晉太元中，武陵人，捕魚為業，緣溪行，忘路之遠近。忽逢桃花林，夾岸數百步，中無雜樹，芳草鮮美，落英繽紛。漁人甚異之，復前行，欲窮其林。林盡水源，便得一山，山有小口，彷彿若有光。便舍船，從口入。

入桃花源的兩大關鍵：「忘」與「捨」，要忘掉人世間的度量衡。微物易觀，大道難窺，人生太短，所以我們為「老字號美食」熄燈嘆惋，而滄海桑田只是一個成語典詞語。

「單位」的產生是為了便利，但人人自利的社會，輕則窒礙難行，重則烽火連天，個人利益若無限擴張，攫取他人利益以填欲壑竟成為「成功」之道。世人慕強，霸道橫行，現今所謂強國皆大國，樹大有枯枝，族大有乞兒，國大便需以政令與法理為手段，離孔、孟的「仁治」與老子的「無為」就遠了。

> 孟子曰：「以力假仁者霸，霸必有大國。以德行仁者王，王不待大，湯以七十里，文王以百里。以力服人者，非心服也，力不贍也。以德服人者，中心悅而誠服也，如七十子之服孔子也。」

桃花源的部分概念類似萬應室，因人因時而異，什麼都不必帶，因為裡面一應俱足，但意志要堅定，心緒要集中，這點和「忘機」不同。武陵漁夫這個角色本身就是一種忘機的設定，漁夫樵叟不必識字，卻熟讀大自然這本書，在萬般皆下品，唯有讀書高的社會裡，懂得眾生平等的大智慧，才看得見漁樵的曖曖含光。

「為什麼是桃花？」好的文本總能提供許多議題，文人善「藏」，察覺作者的言外之意是訓練思考的好方法。

「因為他們同姓嗎？」好可愛的答案。

「桃之夭夭嗎？」向來嫻靜的女同學舉手提出了見解，姿態端莊、芳華正好，恰似一卷《詩經》鋪展於我眼前。

神話裡的「桃」是生命力的象徵，夸父死後杖化鄧林（桃林），王母娘娘的蟠桃更是益壽仙品，在美猴王的宣傳下，壽桃是桃親民的俗世面貌；而「夭桃穠李」是雅致的美麗，受限於禮教，「人面桃花」之美只能若隱若現於門後，「奇蹤隱五百，一朝敞神界」，這樣的絕美之境，也唯有桃花引路相得益彰。

「山口潛行始隈隩，山開曠望旋平陸」。文學作品中的孔洞往往是關鍵符號，我習慣稱之為「洞洞理論」，就像鑰匙孔連接著兩個空間，沈既濟的《枕中記》中道士呂翁給盧生的瓷枕「竅其兩端」，所以入寐後「見其竅大而明，若可處，舉身而入」，開展了黃粱一夢的故事。《南柯太守傳》和〈愛麗絲夢遊仙境〉也有異曲同工之妙，這些洞口，帶領著我們暫離現實，進入幻想或未知之境。

孔洞小，所以要「捨」，什麼都不用帶，也不能帶，就像新生兒赤條條地降生。吾兒也曾探問他自何處來，對於肚子裝得下他不肯置信，在我的再三保證下他問了一句：「那我有帶我的車車來嗎？」我忍俊不住，同時也想起泊於青溪的漁舟，乾隆下江南時眼看葉葉千帆，忍不住詢問了長江每日往來是多少船隻，法磬禪師對以二艘：「一艘曰名，一艘曰利。」禪師之言，實乃醍醐灌頂。

初極狹，纔通人，復行數十步，豁然開朗。土地平曠，屋舍儼然，有良田、美池、桑、竹之屬，阡陌交通，雞犬相聞。其中往來種作，男女衣著，悉如外人，黃髮垂髫，並怡然自樂。見漁人，乃大驚，問所從來，具答之。便要還家，設酒、殺雞、作食。村中聞有此人，咸來問訊。自云：「先世避秦時亂，率妻子、邑人來此絕境，不復出焉，遂與外人間隔。」問今是何世，乃不知有漢，無論魏、晉！此人一一為具言所聞，皆嘆惋。餘人各復延至其家，皆出酒食。停數日，辭去。此中人語云：「不足為外人道也。」

陶淵明造語平易，塑景卻極為優美，淺白的用字卻刻畫出深刻的人情，恰可讓同學明

桃花源詩	桃花源記
嬴氏亂天紀，賢者避其世。黃綺之商山，伊人亦云逝。	先世避秦時亂，率妻子邑人來此絕境。
往跡浸復湮，來徑遂蕪廢。	不復出焉，遂與外人間隔。
桑竹垂餘蔭，菽稷隨時藝；	有良田、美池、桑、竹之屬。
荒路曖交通，雞犬互鳴吠。	阡陌交通，雞犬相聞。
衣裳無新制。	男女衣著，悉如外人。
童孺縱行歌，班白歡遊詣。	黃髮垂髫，並怡然自樂。

白美文不一定由華麗辭藻堆砌，關鍵在於駕馭文字的能力。〈桃花源記〉本為詩序，於此對照詩句與文句，也可訓練同學們掌握不同文體的特質。

〈桃花源記〉先寫景，後寫避世之因，〈桃花源詩〉則相反。〈桃花源記〉是以漁夫視角帶領讀者瀏覽桃源景致，村中人的食衣住行盡展眼前，開闊的土地、整齊的屋舍、良田美池與相互相通的小路，條件簡樸但一應俱全，頗合前幾年興起的極簡風。人情難寫，作者卻以「便要還家，設酒、殺雞、作食」呈現出村民的古道熱腸，而無論世外桃源或是大同世界，老幼安居無憂是必備條件，也因此社會福利一直是先進國家的重要指標，敬老是尊重過去，飲水思源懂得感恩，愛幼是培養未來，作育英才扶植幼苗。

詩以言志，是詩人心情的轉譯，直陳「嬴氏亂天紀，賢者避其世」，也是一種借古諷今，東晉時期的亂象是內憂外患齊灼，士族與君王共治，派系鬥爭自然也多。同學們大多從劉禹錫詩句「舊時王謝堂前燕」認得王謝二家，琅琊王氏與陳郡謝氏是真正的名門望族，而另外仍有庾氏與桓氏趁勢崛起，四大家族的勢力消長往往牽一髮而動全身，魏晉南北朝戰火頻仍、改朝換代之下帶給人民的也不是平靜的生活，而是自朝堂漫自鄉野的詭譎。

晉太元八年，淝水之戰後，黃河流域陷入混戰，許多流民紛紛南遷，一切均源自利益算計，如果沒有算計多好？在一個自給自足之地，連記年月日時都是多餘：

> 草榮識節和，木衰知風厲。雖無紀曆志，四時自成歲。怡然有餘樂，於何勞智慧？

然而沒有數字的世界也沒有iPhone16可用，對於不曾目睹戰地慘況的孩子們，3C與WiFi就是他們的桃花源。記得課堂上與同學們討論入桃花源的小「口」時，有位5A10+的優秀同學聯想到的是遊戲裡要前往另一地圖或副本的亮光，對於懂得自律的人而言，3C只會增加其優秀，偶爾藉由遊戲放鬆，絕大多數的時間還是憑藉網路的便利充實自我，但對於自律性不足的人而言，遊戲裡的聲光效果，與肉眼可見的立即性成就感（升等、掉寶等機制），就容易使其深陷其中不復出焉。

> 既出，得其船，便扶向路，處處誌之。及郡下，詣太守，說如此。太守即遣人隨其往，尋向所誌，遂迷不復得路。南陽劉子驥，高尚士也，聞之，欣然規

往，未果，尋病終。後遂無問津者。

入桃花源須忘機，漁夫離開桃源「得其船」，便註定失桃源，得與失是硬幣的正反面。便利的生活還是誘人的，但世俗太過喧囂，我們又總嚮往著世外仙境的靜好，於是「處處誌之」，卻不知道每一個記號都是一陣風，拂去心機，旋復幽蔽。

王維擅五言詩，尤其五古最能表現其詩境之高，所以「行到水窮處，坐看雲起時」、「月出驚山鳥，時鳴春澗中」、「明月松間照，清泉石上流」……等膾炙人口的名句均為五言，然而真正讓我見詩後欲見其人的句子卻是：

當時只記入山深，青溪幾曲到雲林。

說來慚愧，真正將此詩句與自己家鄉連結起來是在教學之後，說也奇怪，求學時代對此句的印象全無，直到備課時乍見「雲林」二字，勾出當時北漂的我思緒紛紛。十八歲離家後，痴迷於城市的五光十色，華燈初上時眩目的霓虹，兒時最愛仰望的星光與月景都被我遺忘，大都市的車如流水，馬如游龍，人氣滿滿，我卻日漸失了元氣，也許是離了青溪，本是雲與水的兒女，唯有回鄉才能重拾生氣。

於是帶著兒女回鄉了，回首半生，我像是誤闖塵世的雲中人，紛紛擾擾添了許多傷。許多人不解我怎會決定從首都搬回雲林，畢竟醫療、交通與教育等資源的確還是存在著極明顯的差距，其實心裡的天平至今仍擺盪不已，入城與返鄉不斷拉扯，但人情的淳樸無價。我是個六親緣薄之人，工作忙碌，兒女們幸有芳鄰照應，這是旅居都市多年未曾感受到的溫暖。

斗六有間桃花源餐廳，是我招待好友與貴客的首選，曾任總統御廚的曾道政老先生，退休後將手藝傳給子孫，如今的桃花源便是由其孫子經營。我嗜吃，愛吃美食但未曾以鑽研文本之法研究飲饌之道，唯有透過飲食文學略窺一二，評鑑美食全依自己的味蕾，道地的福州菜與浙江菜我未曾品嘗，而桃花源的「香酥鴨」與「醬肉荷葉夾」可踞我心中美食榜前十。

當筷子觸及香酥鴨，其皮之酥脆似春芽新綻、花瓣輕碰之聲，外酥內嫩的鴨肉入口，獨門醃料的中藥香襯出鴨肉特有的香氣，像品著一段以歲月醃漬的故事；醬肉荷葉夾則是盛夏的豐腴——白胖軟綿的餅身，夾入油光四溢、肥瘦相間的醬肉，肉燉得極透，一抿即化，麵皮香與肉香交織為脣畔盛宴，令我吮指回味的，也許還有其中幾分相仿外婆燉肉的醬香。通往餐廳的曲徑是否也如桃花夾岸處？仙源無處尋，雲林美食可問津。

人性太複雜，紅塵太擾攘，那就吃吧！酒肉穿腸過，佳肴解千愁。

人生滿級：古文不思議

看世界的方法 293

作者 ——————— 韓塁

責任編輯 ———— 羅凱瀚
封面設計 ———— 謝佳穎

發行人兼社長 ——— 許悔之
總編輯 ——————— 林煜幃
設計總監 —————— 吳佳璘
企劃主編 —————— 蔡旻潔
行政主任 —————— 陳芃妤
編輯 ———————— 羅凱瀚

藝術總監 ——— 黃寶萍
策略顧問 ——— 黃惠美・郭旭原・郭思敏・郭孟君
劉冠吟
顧問 ———— 施昇輝・宇文正・林志隆・張佳雯
法律顧問 ——— 國際通商法律事務所
邵瓊慧律師

出版 ——————— 有鹿文化事業有限公司｜臺北市大安區信義路三段106號10樓之4
T. 02-2700-8388｜F. 02-2700-8178｜www.uniqueroute.com
M. service@uniqueroute.com

製版印刷 ————— 沐春行銷創意有限公司

總經銷 —————— 紅螞蟻圖書有限公司｜臺北市內湖區舊宗路二段121巷19號
T. 02-2795-3656｜F. 02-2795-4100｜www.e-redant.com

ISBN ——————— 978-626-7603-41-3
初版 ——————— 2025年8月

定價 ——— 420元

人生滿級：古文不思議 / 韓塁著 一初版・一 臺北市：有鹿文化，2025. 面；公分 一（看世界的方法；293）

ISBN 978-626-7603-41-3（平裝） 1. 漢語教學 2. 閱讀指導 3. 古文 835………… 114011141

讀者線上回函

更多有鹿文化訊息